U0007012

羅生門

らしょうもん

文豪書齋

104

芥川龍之介

黃瀞瑤 譯

文豪書齋 104

羅生門——
獨家收錄芥川龍之介【文學特輯】及
< 侏儒的話 >< 某個傻子的一生 >

作　者　芥川龍之介
譯　者　黃瀞瑤

野人文化股份有限公司
社長　張瑩瑩
總編輯　蔡麗真
責任編輯　鄭淑慧
校對　魏秋綢
美術設計　洪素貞
封面設計　楊啟巽工作室
行銷企畫　林麗紅

出　版　野人文化股份有限公司
發　行　遠足文化事業股份有限公司(讀書共和國出版集團)
地址：231 新北市新店區民權路 108-2 號 9 樓
電話：（02）2218-1417　傳真：（02）2218-1142
電子信箱：service@bookrep.com.tw
網址：www.bookrep.com.tw
郵撥帳號：19504465　戶名：遠足文化事業股份有限公司
客服專線：0800-221-029
法律顧問　華洋法律事務所 蘇文生律師
印　製　成陽印刷股份有限公司
二版首刷　2016 年 10 月
二版21刷　2023 年 08 月

有著作權　侵害必究
特別聲明：有關本書中的言論內容，不代表本公司／出版集團的立場及意見，
由作者自行承擔文責
歡迎團體訂購，另有優惠，請洽業務部（02）22181417 分機 1124

國家圖書館出版品預行編目 (CIP) 資料

羅生門 : 獨家收錄 (芥川龍之介特輯) 及 <
侏儒的話 >< 某個傻子的一生 > / 芥川龍之介
著 ; 黃瀞瑤譯 . -- 二版 . -- 新北市 : 野人文化
出版 : 遠足文化發行 , 2016.10
面 ;　公分 . -- (文豪書齋 ; 4104)

ISBN 978-986-384-159-3(平裝)

861.57　105015794

羅生門（二版）

線上讀者回函專用 QR CODE，您的
寶貴意見，將是我們進步的最大動力。

【芥川龍之介創作與人生】特輯

【創作篇】

日本文壇鬼才，短篇小說之王——芥川龍之介

日本高中生必讀的經典名作

漫畫版（右）與文庫版（左）〈羅生門〉

芥川龍之介素有「日本短篇小說之王」的美譽，他的小說行文流麗，故事情節的鋪設、轉折均經過巧妙安排，尤其特別擅長利用小物件來暗喻書中角色的心理。每篇作品均有一貫徹全文的明快中心思想，例如討論「善惡抉擇」、「利己主義」的〈羅生門〉就被選為日本高中生課本的必讀作品，也被改編成漫畫與電影。

深受歐美國家喜愛的日本文豪

芥川龍之介的短篇作品深受西方歐美國家喜愛，甚至被比擬為美國短篇小說之王歐・亨利（O.Henry）。相比其他日本近代文豪較晦澀難懂的文章風格或華麗複雜的詞藻，芥川龍之介明快的主題，流麗的文體、簡潔明快的節奏、鋒利如刀的人性刻畫、巧妙的故事架構，也比較符合西方讀者的口味。因此，芥川堪稱最受歐美讀者青睞的近代日本文豪之一。

歐美國家翻譯的芥川龍之介作品
——Rashomon and Seventeen Other Stories

二〇〇六年由美國知名出版社Penguin Group出版了芥川龍之介短篇集，本書由知名學者與翻譯家Jay Rubin編著，村上春樹導讀。全書分為四個章節「繁華漸逝的世界」「刀之下」「近代悲喜劇」「芥川自身的故事」，總共收錄芥川龍之介十八篇作品，作品依照年代別排列，可以一覽芥川龍之介文章風格的轉變。書中收錄的村上春樹專文導讀〈某個知識分子的毀滅〉，對芥川的文學與人有極為深入的剖析。

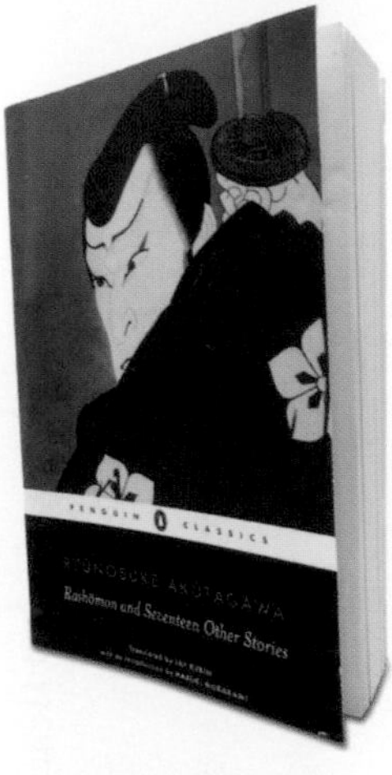

Penguin Group出版的英文版《芥川龍之介短篇集》

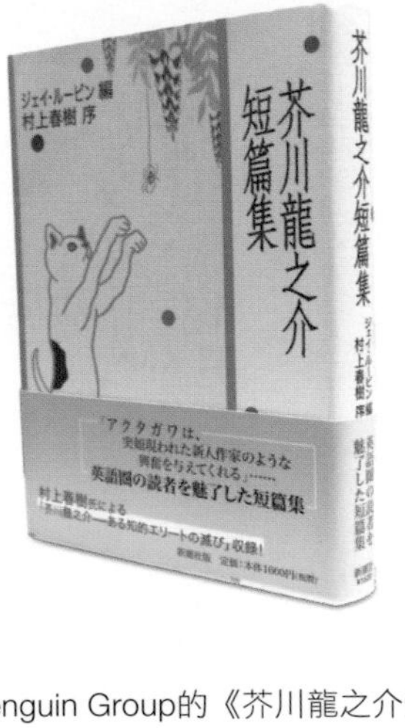

日文版Penguin Group的《芥川龍之介短篇集》

從〈羅生門〉看芥川龍之介的創作手法

〈羅生門〉的原典——《今昔物語集》

芥川龍之介通曉古今文學，百餘篇創作中有五分之一取材於古典名著《今昔物語集》，以「古典」為框架，從中注入自己想表達的「近現代思維」。〈羅生門〉的故事即以《今昔物語集》卷二十九第十八「羅城門登上層見死人盜人語」為基底。故事梗概如下：

某位自攝津國來到京城的盜賊，來到羅城門下，見天色尚亮，朱雀大路人來人往，決心先到城門二樓躲避，待入夜後再行動。盜賊登上城樓，發現火光，隔著格子窗看去，只見一白髮老嫗正在拔一具年輕女屍的頭髮。盜賊大駭，以爲是怨靈作祟，轉念一想，覺得死人不足爲懼，便拔出佩刀，大喊衝去。驚嚇的老嫗坦承女屍爲她的舊主，死後沒有親人處理喪事，才將屍體丟棄於此。因爲舊主髮長過身，所以她想拔下做假髮。盜賊聽完

1

2 2

1.平安京羅城門復原模型（京都文化博物館）

羅生門在日文漢字中是「羅城門」之誤寫，原來的意義是「京城門」，為七世紀日本皇都所在平城京及平安京的首都城的正門，後來日本皇室衰落，天災內亂頻繁，羅城門因年久失修，成為一個殘破不堪的城門，正是小說〈羅生門〉的背景地點。

2.羅城門遺跡

羅城門遺跡位於九條通上。從東寺出來，沿九條通向西走到和千本通的交界處即是。 自古為日本古都著名的靈異、鬼怪事件頻發地點。

後，剝下女屍和老嫗的衣服，搶過長髮，然後逃走。這段經歷是後來經由盜賊之口告於旁人。

芥川龍之介版〈羅生門〉與原典比較——文豪的原創精神

之前提過，芥川早期作品的典型創作手法是以古典文學為主幹，注入「近現代的思維」，以下，藉由芥川版〈羅生門〉與原典「羅城門登上層見死人盜人語」的比較，從芥川龍之介原創的主角心理轉折，一窺芥川創作時的野心與想傳達的思想。

漫畫版《羅生門》（木馬文化出版）

主角的背景

原著：原本就是盜賊

芥川版：文章一開始便抛出「是否該為了生存作惡？」的議題，此時主角尚沒有「勇氣」選擇成為盜賊。

對老嫗的想法

原著：認為是怨靈作祟

芥川版：看到老嫗拔死人頭髮，主角湧起正義感，寧死也不願成為盜賊，但聽完老嫗的説明，正義感逐漸轉為嫌惡感。

對自己行為的想法

原著：原本就是盜賊，並無特別想法

芥川版：老嫗一句「我不這麼做，就會餓死」，激起了主角的利己之心，他決定不再迷惘，搶奪老嫗的衣服後逃走。

主角之後的行蹤

原作：本人將這則故事説予他人聽

芥川版：主角從此不知音訊，也代表他已抛卻舊有的自己，「重生」為盜賊。

比起原典單純的故事敘述，芥川版〈羅生門〉偏重於主角各階段心理變化的描寫，可以看見他想在作品中傳達的「生死關頭的善惡終極選擇」與「利己主義」主題思想。

芥川龍之介名作電影改編版

大導演黑澤明的知名電影《羅生門》

電影《羅生門》（一九五〇）由日本知名導演黑澤明執導，曾獲得一九五一年威尼斯國際電影節金獅獎、義大利電影評論獎、奧斯卡榮譽獎等獎項，被公認為史上最偉大電影之一。

片名雖為「羅生門」，主要情節其實改編自芥川龍之介的小說〈竹林中〉，由三船敏郎（飾演盜賊多襄丸）、京町子（飾演武士妻子真砂）、森雅之（飾演武士金澤武弘）主演。電影透過多人對同一事件的不同描述，傳達「人言不可盡信」的意涵。也因為這部電影太過有名，「羅生門」一詞也衍生為「各說各話」「真相撲朔迷離」的代名詞。

近年的新嘗試——
改編自〈竹林中〉的電影
《迷霧》

一九九六年，日本導演三枝健起執導的電影《迷霧》（MISTY），改編自芥川龍之介的〈竹林中〉，知名影星豐川悅司毛遂自薦飾演野性狂妄的多襄丸；金城武因《重慶森林》而雀屏中選，挑戰難度較高的武弘；女主角真砂則由超人氣紅星天海祐希飾演。故事承繼了〈竹林中〉的懸疑風格，卻增加部分原創情節（例如女主角真砂與多襄丸的恩怨情仇），最後帶領觀眾走出「迷霧」，給了大家一個「真相」。

芥川龍之介與當代文壇

芥川龍之介與友人合照，由左至右，分別為菊池寬、芥川龍之介、武藤長藏、永見德太郎，攝於1919年。

亦敵亦友的畢生好友——出版界龍頭菊池寬

日本出版社文藝春秋的創辦人菊池寬與芥川龍之介是畢生的好友，芥川的長子比呂志（HIROSHI）的名字就是源自菊池寬的「寬」（HIROSHI）字讀音。在東京帝國大學期間，芥川與菊池寬、久米正雄等人創辦了同人誌《新思潮》（第四次），兩人終生維持亦敵亦友的競爭關係，菊池曾批評芥川的作品是「以銀色鑷子玩弄人生」。但芥川自殺死後，代表好友致詞的人就是菊池寬。一九三五年（芥川龍之介自殺去世八年後），菊池寬設立了以他的名字命名的文學新人獎「芥川賞」，現已成為日本最重要文學獎之一，與「直木賞」齊名，作為獎勵新進純文學作家的重要獎項之一，影響深遠。

頭號書迷——昭和文豪太宰治

高中時期的太宰治

少年時代的太宰治是芥川龍之介的頭號書迷。收藏於東京文學館內、太宰治於國高中使用的筆記本，可以看到他在筆記本一角執拗地書寫著「芥川龍之介」的名字。筆記中還可看到疑似芥川的人物肖像畫，以及並列在「芥川龍之介」旁邊太宰自己的筆名提案。由此可知，少年時期的太宰治受到了芥川極大的影響。芥川的自殺，給少年太宰帶來了極大的衝擊，傳聞太宰聽到芥川自殺的死訊之後，曾向周遭友人說過：「一個真正的作家就該像這樣死去。」而太宰短暫的生涯中也曾數次嘗試自殺，由此可見，他的確受到芥川龍之介極大的影響。

芥川賞風波

芥川賞創設後，太宰治以〈逆行〉一作被提名第一屆芥川賞，但當年的得獎者另有其人。評審之一川端康成的評語「根據我個人的意見，作者對眼下的生活充滿厭煩，很遺憾他無法完全發揮其才華」徹底激怒了太宰治，他立刻在雜誌上發表了一篇〈給川端康成的一封信〉反擊，甚至出現「我要殺了你！」的激烈言詞。川端康成馬上在同雜誌刊登〈回覆太宰治：有關芥川賞〉，在文中道歉並表示收回自己的評語。第二屆芥川賞太宰治並未入圍。之後，太宰治出版《晚年》一書，他一反之前的態度，將書寄給川端，以卑微的語氣請求川端務必把第三屆的芥川賞頒給自己。第三屆芥川賞進入選考階段，太宰開始對佐藤春夫等評審發動接二連三的「請給我芥川賞」攻勢，終於招致評審的反感。《晚年》不僅沒有入選，主辦單位還設立了「曾提名過芥川賞的人，今後無法再提名」的規定，太宰治想獲得芥川賞的畢生心願，算是徹底破滅。不過，太宰恐怕沒想到，在得獎路上屢屢受挫的自己，數十年後竟成為最受新一代日本年輕人喜愛的作家吧。

太宰治模仿芥川龍之介的照片。可以看出太宰對芥川的喜愛。

【人生篇】

從〈某個傻子的一生〉，看文豪人生終點的心路歷程

壓垮大正文豪的最後一根稻草——「茫然的不安」

芥川龍之介本名新原龍之介，他出生數月後，母親阿福即發瘋，所以交由舅舅芥川道章撫養，並於十二歲那年，正式成為芥川家的養子。聰穎的頭腦、俊秀的外貌、年紀輕輕便成為文壇新秀，他是眾人眼中的「天才」。但芥川終其一生都活在「母親發瘋，自己總有一天也會變成瘋子」的恐懼中。一出道即受到眾所注目的他，之後面臨創作的瓶頸，身體的病痛再加上姊夫臥軌自殺，一大家子的生活重擔都壓在他的肩上。面臨大正時代的結束、友人久米正雄發瘋……最終，他在「茫然的不安」之下服藥自殺。芥川對發狂的恐懼，從〈齒輪〉、〈河童〉、〈某個傻子的一生〉都可以看出。

每跨出一步，我的不安就增添一分，
彷彿有某種東西正準備對我下手。
此時半透明的齒輪又一一冒出，
遮蔽了我的視野。
我擔心最後的時刻已經不遠了。

——〈齒輪〉

芥川龍之介的情人們

在〈某個傻子的一生〉中，可以察覺芥川除了妻子文夫人以外，還同時與數名女性有或深或淺的戀愛關係。本篇整理了芥川龍之介的女性關係一覽表，帶您一窺文豪複雜的情感世界。

遭到父母反對結婚的女子

吉田彌生

大正三年五月，芥川龍之介結識了青山女子學院英文科的女學生吉田彌生。隔年彌生大學畢業，與某陸軍中尉談婚事，芥川告知養父母想與彌生結婚。但芥川家因為彌生是私生女而反對，芥川龍之介只好放棄。大正四年五月，彌生結婚。

遭到家人反對

芥川龍之介

結婚

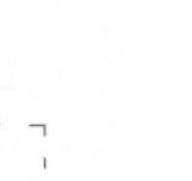

朋友的外甥女．年齡差距八歲的幼妻

塚本文

海軍少佐．塚本善五郎的女兒，塚本文的舅舅山本喜譽司是芥川的好友，兩家從很早以前就有來往。芥川龍之介與塚本文於大正五年十二月訂婚。大正七年二月，兩人結婚時，當時塚本文十七歲。芥川曾寫給文夫人多封情書。（請見P.24—25）

秀茂子

擁有「動物性本能」的「瘋子的女兒」

和歌作家，舊姓小滝。芥川與茂子於大正八年六月邂逅，此時雙方都是已婚之身，但兩人不尋常的關係立即成為文壇眾所皆知的緋聞。之後芥川因她的「動物性本能」吃足苦頭。大正十年芥川前往中國旅行，總算暫時擺脫她，但回國後仍遭到茂子糾纏。芥川在其遺書中曾提到「我很後悔因為沒有慎選對象（秀夫人的利己主義與動物性本能真的很嚴重），而給我的生存帶來許多不利。」〈某個傻子的一生〉「二十一 瘋子的女兒」中的女子指的就是秀茂子。

外遇關係

好感

仰慕

片山廣子

「才能足與自己匹敵」的才女

和歌作家、翻譯家（筆名「松村峰子」）。外交官吉田次郎的長女，畢業於東洋英和女學院。日本銀行理事片山貞次郎之妻。芥川在〈某個傻子的一生〉「三十七 過路人」中，稱她為「才能上足以與自己抗衡的女性」。菊池寬也稱她為「日本婦人中最有學識的人」。是個才色兼具的女子。芥川曾為她做了〈過路人〉〈相聞〉等抒情詩。芥川對她應該只有仰慕，兩人之間並無特殊關係。

平松麻素子

妻子的好友「氰化鉀之女」

文夫人的同學，大正九年，由文夫人介紹給芥川，擔任祕書協助芥川的寫作。〈某個傻子的一生〉「四十七 玩火」「四十八 死」中，可以看出兩人曾約好要一起自殺（因女方爽約，沒有實行）。文中，麻素子曾遞給芥川一瓶氰化鉀，又被稱為「氰化鉀之女」。據芥川描述對麻素子的情感「只有好感，沒有戀愛之情」「連一根手指也沒碰過」。

芥川龍之介的書信

給妻子的情書

芥川龍之介生前曾留下大量的書信，其中最有名的是他寫給妻子文夫人的情書，芥川還曾被日本年輕女性選為「最想收到這個人的情書」之一。

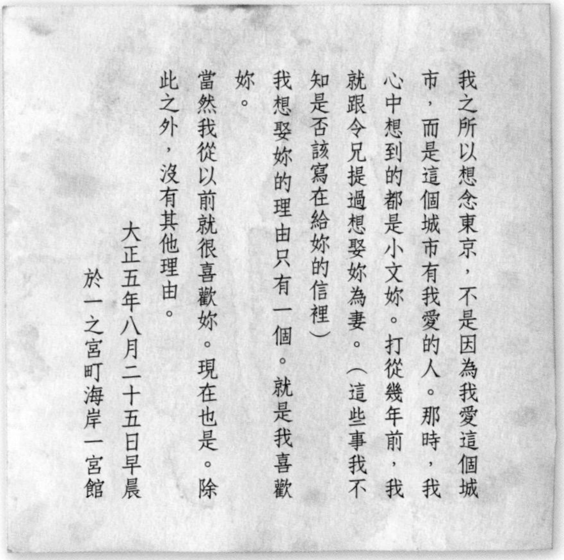

我之所以想念東京，不是因為我愛這個城市，而是這個城市有我愛的人。那時，我心中想到的都是小文妳。打從幾年前，我就跟令兄提過想娶妳為妻。（這些事我不知是否該寫在給妳的信裡）我想娶妳的理由只有一個。就是我喜歡妳。當然我從以前就很喜歡妳。現在也是。除此之外，沒有其他理由。

大正五年八月二十五日早晨

於一之宮町海岸一宮館

少女時期的塚本文

岩波書店出版的《芥川龍之介書信集》。全書精選收藏芥川龍之介生前的一百八十餘封信件。

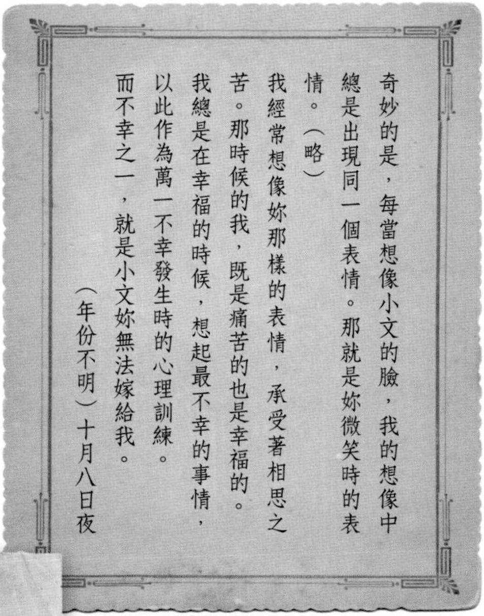

奇妙的是，每當想像小文的臉，我的想像中總是出現同一個表情。那就是妳微笑時的表情。（略）

我經常想像妳那樣的表情，承受著相思之苦。那時候的我，既是痛苦的也是幸福的。我總是在幸福的時候，想起最不幸的事情，以此作為萬一不幸發生時的心理訓練。而不幸之一，就是小文妳無法嫁給我。

（年份不明）十月八日夜

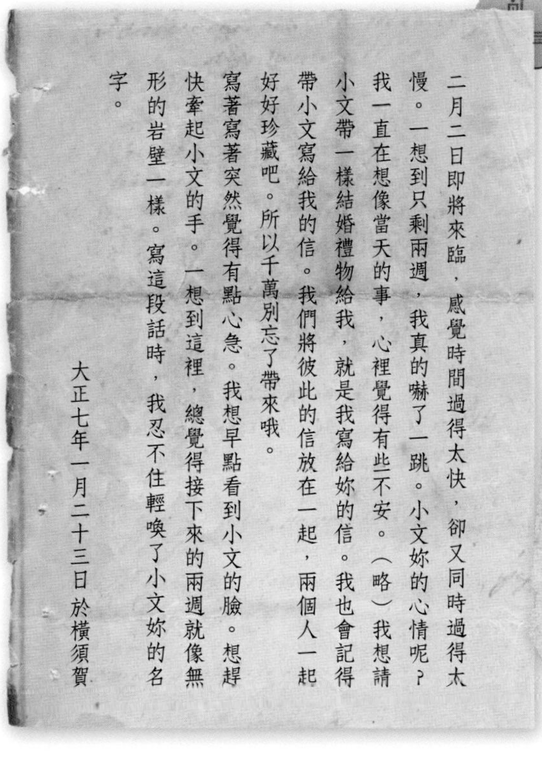

二月二日即將來臨，感覺時間過得太快，卻又同時過得太慢。一想到只剩兩週，我真的嚇了一跳。小文妳的心情呢？我一直在想像當天的事，心裡覺得有些不安。（略）我想請小文帶一樣結婚禮物給我，就是我寫給妳的信。我也會記得帶小文寫給我的信。我們將彼此的信放在一起，兩個人一起好好珍藏吧。所以千萬別忘了帶來哦。

寫著寫著突然覺得有點心急。我想早點看到小文的臉。想趕快牽起小文的手。一想到這裡，總覺得接下來的兩週就像無形的岩壁一樣。寫這段話時，我忍不住輕喚了小文妳的名字。

大正七年一月二十三日 於橫須賀

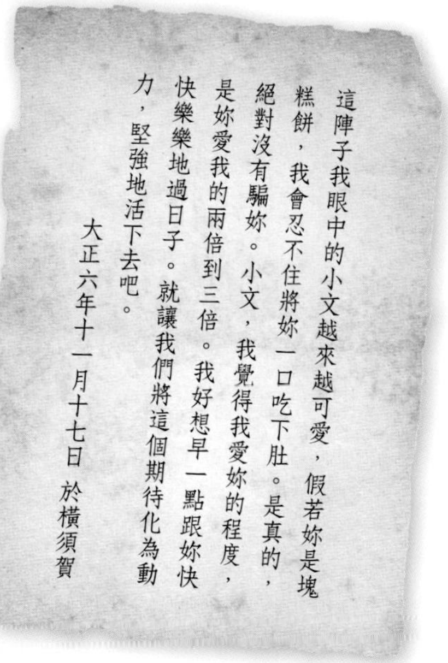

這陣子我眼中的小文越來越可愛，假若妳是塊糕餅，我會忍不住將妳一口吃下肚。是真的，絕對沒有騙妳。小文，我覺得我愛妳的程度，是妳愛我的兩倍到三倍。我好想早一點跟妳快快樂樂地過日子。就讓我們將這個期待化為動力，堅強地活下去吧。

大正六年十一月十七日 於橫須賀

給兒子們的遺書

給孩子們

一、別忘記人生是一場至死方休的戰爭。
二、因此別忘了仰賴你們的能力。將培養能力一事銘記在心。
三、視小穴隆一*如父親。恪遵小穴的教誨。
四、倘若在人生的戰爭中敗北，可如你們的父親一樣自殺，但須避免如你們的父親一樣為他人帶來不幸。
五、雖然天命茫茫難測，但須謹記，盡量不要依賴家人，而且要拋棄你們的欲望。這才是讓你們晚年能夠過得平安的途徑。
六、憐憫你們的母親，但不要因憐憫而改變你們的志向。這才是讓你們晚年能夠令母親幸福的途徑。
七、你們無可避免將有著與父親相同的神經質性格，須再三留心此事。
八、你們的父親深愛著你們。（倘若不愛你們，大可以將你們拋棄。倘若我願意拋棄你們，今天我不會走上非自絕生命不可的地步。）

芥川龍之介

（節錄自岩波書店《芥川龍之介全集》第十二集）

註＊西洋畫家、裝幀家，芥川龍之介的好友

芥川龍之介的三個兒子。右邊是長子比呂志，之後成為演員；正中央是三子也寸志，後來成為音樂家；左邊是次子多加志，同父親一樣喜愛文學，不幸戰死於二戰。

慈眼寺的芥川龍之介之墓

芥川龍之介葬於東京豐島區巢鴨的慈眼寺，根據他本人的遺願，墓碑上的字由好友小穴隆一所書。墓碑最上方的造型聽說是模擬他生前最愛的日式坐墊。明治文豪夏目漱石長眠於安樂椅下，其徒弟大正文豪芥川龍之介則長眠於日式坐墊下。由此可看出家人希望兩人在另一個世界好好安息的心意。

慈眼寺內芥川龍之介的墳墓。該寺墓地還有谷崎潤一郎家族的墳墓。

漫遊芥川龍之介人生

田端之王——芥川龍之介

芥川攝影於田端自宅二樓的書房

芥川龍之介於大正三年搬遷至田端，是當地的早期居住者。田端聚集了大批藝術家與文人，素有「日本的巴黎蒙馬特」之稱。大正五年芥川的作品〈鼻子〉受到夏目漱石的盛讚，成為眾所矚目的文壇新秀。在田端文士村，當時的知名作家芥川龍之介無疑是最耀眼的存在，因為芥川的號召

昭和二年芥川於田端

力，許多文士紛紛遷居至此，他位於住家二樓的書齋「我鬼窟」（後改名為「澄江堂」）是許多文士聚集的文學沙龍。因此，芥川龍之介又被稱為「田端之王」。掃描上方的QRCODE，可以看見昭和二年芥川在田端與菊池寬等文士交流的影像，影像中芥川抽著菸（他是老菸槍）、和孩子們一起爬上庭院裡的樹，露出調皮的一面。也在這一年，他因為「茫然的不安」自殺於田端的自家。

田端文士村・田端文士村紀念館

「田端文士村紀念館」位於ＪＲ山手線與京濱東北線的「田端」站，出了北口徒步兩分鐘即可到達。明治中期，這裡是閑靜的農村。自從東京美術學校（現東京藝術大學）開設於上野，這個地區漸漸湧進年輕藝術家居住於此。以他們為中心，還成立了社交場所「白楊木俱樂部」，田端儼然成為「藝術家村」。大正初期，芥川龍之介、菊池寬、堀辰雄等小說家也搬

田端文士村紀念館

遷至此，大正末期至昭和時期，田端也具備了「文士村」的面貌，並留下不少作家們年輕時代的逸事。芥川龍之介在這塊土地出道成為文壇新秀，也在這塊土地自殺殞命。田端在昭和二十年的空襲中燒毀。平成五年設置了田端文士村紀念館。該紀念館內展示了文士藝術家們的作品、原稿、書簡等資料，並定期舉辦演講與散步行程。館藏芥川龍之介相關資料非常豐富，是芥川龍之介的書迷絕對不可錯過的景點。

田端文士村 散步地圖

建議行程：全程約60~70分鐘

田端文士村紀念館 < 芥川龍之介故居 < 天然自笑軒

< 樂天堂醫院 < 東覺寺（赤紙仁王）

< 白楊木俱樂部遺址 < 大龍寺（正岡子規之墓）

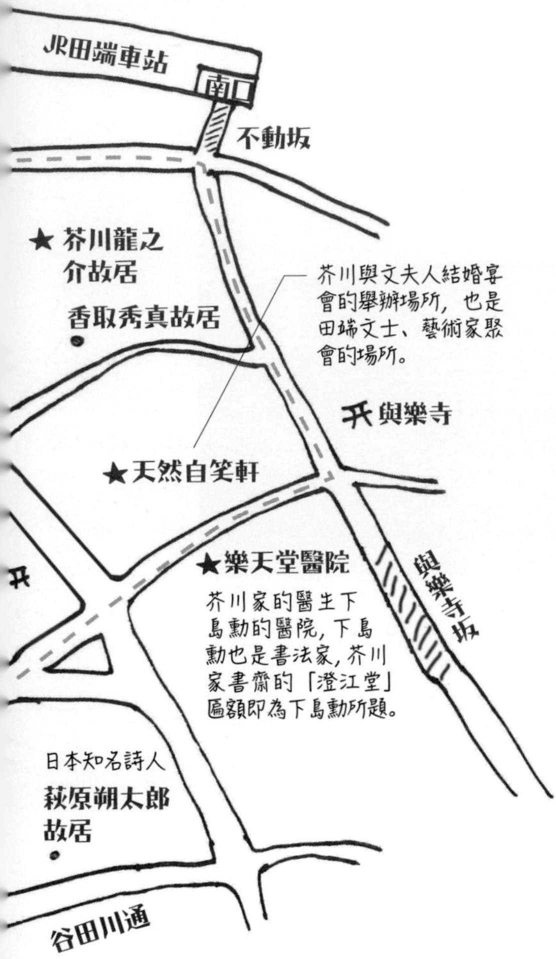

香取秀真故居
芥川與文夫人結婚宴會的舉辦場所，也是田端文士、藝術家聚會的場所。
與樂寺

與樂寺坂
芥川家的醫生下島勳的醫院，下島勳也是書法家，芥川家書齋的「澄江堂」匾額即為下島勳所題。
日本知名詩人
萩原朔太郎故居
谷田川通

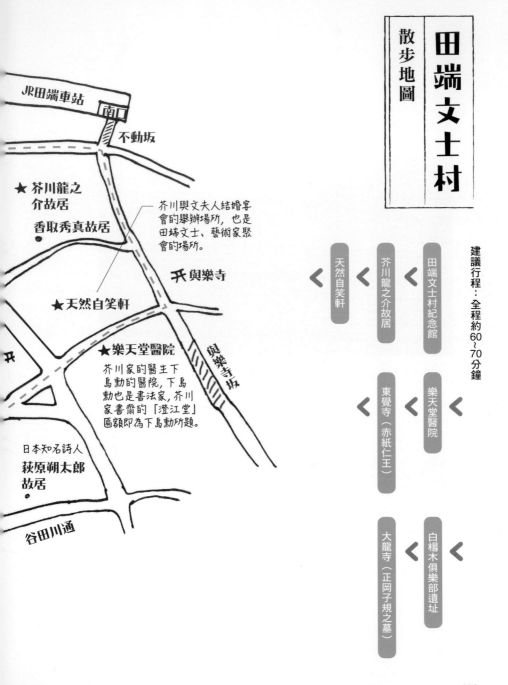

JR田端車站
南口
不動坂

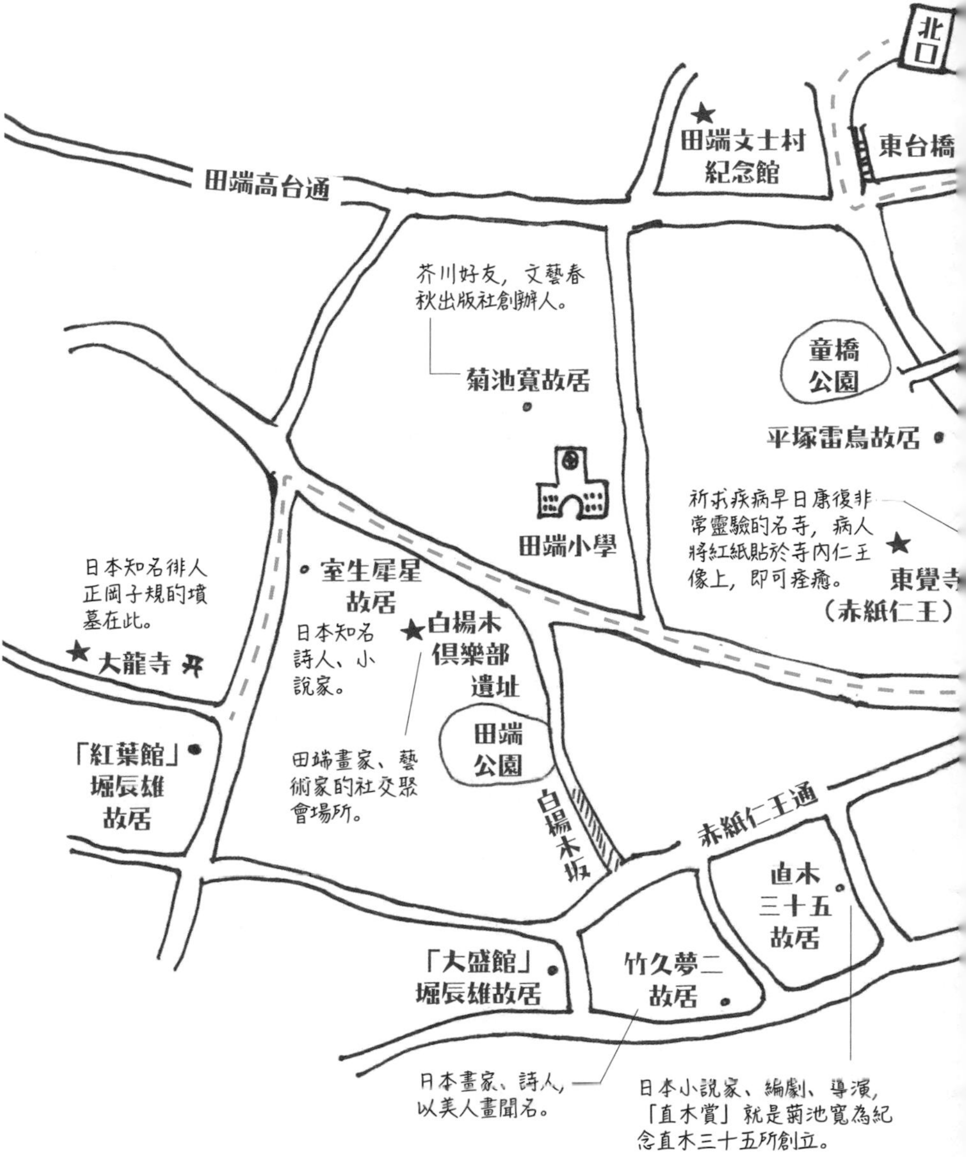
北口
田端文士村
紀念館
東台橋
田端高台通
芥川好友，文藝春
秋出版社創辦人。
菊池寬故居
童橋
公園
平塚雷鳥故居
田端小學
祈求疾病早日康復非
常靈驗的名寺，病人
將紅紙貼於寺內仁王
像上，即可痊癒。
（赤紙仁王）
日本知名俳人
正岡子規的墳
墓在此。
大龍寺
室生犀星
故居
日本知名
詩人、小
說家。
白楊木
倶樂部
遺址
田端
公園
「紅葉館」
堀辰雄
故居
田端畫家、藝
術家的社交聚
會場所。
白楊木坂
赤紙仁王通
直木
三十五
故居
「大盛館」
堀辰雄故居
竹久夢二
故居
日本畫家、詩人，
以美人畫聞名。
日本小說家、編劇、導演，
「直木賞」就是菊池寬為紀
念直木三十五所創立。

目錄

【人生篇】

羅生門

らしょうもん

生 死 關 頭 的 善 惡 終 極 抉 擇

大正四年十一月

發表於雜誌《帝國文學》

為了解決迫不得已、走投無路的情況，也只能不擇手段。

どうにもならない事を、どうにかするためには、手段を選んでいる遑はない。

某日黃昏，一名長工在羅生門下等待雨停。

寬廣的城門下，只有這男人，及一隻蟋蟀停在朱漆斑駁的巨大圓柱上。羅生門位於朱雀大路，照理說除了這個男人外，應當還會有兩、三名頭戴市女笠的婦女或反摺烏紗帽的官吏在此躲雨才是。然而除了這男人外，卻不見其他人的蹤影。

原因就是這兩、三年來，京都接二連三發生地震、旋風、火災及饑荒等災禍。整座京城變得異常破敗蕭條。根據舊記①記載，當時人們打碎佛像和佛具，將塗上朱漆或是包裹金銀箔片的木頭堆積在路旁，當成薪柴出售。連京都都落得這番田地，自然無人顧得了修繕羅生門的事。羅生門殘破荒蕪，只剩狐狸及盜匪棲息於此。最後人們甚至出現了將沒人認領的死人抬到羅生門來丟棄的習慣。於是每日夕陽西下後，陰森可怕的氣氛令人們紛紛走避，不敢接近這座城門。

取而代之的是不知從何而來的烏鴉紛紛聚集於此。白天仰頭望去，只見成群烏鴉於空中盤旋，在高聳的鴟尾②附近鳴叫飛舞。尤其是城門上方的天空因為晚霞而顯得明亮時，烏鴉更像是灑落天際的點點芝麻般清晰。烏鴉無庸置疑是來啄食城門上的死人骨肉的。——不過今天，或許是夜色已深之故，連一隻烏鴉也看不到。只有早已崩塌迸裂、從裂縫長出長長雜草的石階上，隨處可見一點一點的白色鳥糞。長工身穿洗到褪色的深藍色棉衣，在七級石階頂端坐下，一面掛意著右臉頰上那顆大面皰，一面心不在焉地望著天上降下的雨。

作者方才曾寫過「一名長工在等待雨停」。但即便雨停，長工也不知道該何去何從。若是平常，他理當回到主人家裡。但主人在四、五天前將他解雇了。正如前面提及的，當時京都的大街小巷皆變得衰微蕭條。現在這名長工被多年來雇用他的主人解雇，不過是這場風暴中的一道小小餘波罷了。因此，與其說「長工在等待雨停」，倒不如說「被雨困住的長工無處可去，茫然不知所措」更為貼切。不僅如此，今日陰暗的天色，更對這名平安時代長工的 Sentimentalisme ③造成了影響。從申時左右開始的雨，直到現在仍無停歇的跡象。此時，長工一邊茫然地思索著：不管怎麼做，都要為明天的生計想想辦法——也就是他必須想法子解決眼前這無可奈何的

①即《今昔物語》。
②立於古代建築或寺院屋頂兩端，以瓦片或銅鑄製成的裝飾。
③即「感傷主義、感傷的心情」之意。

情況；另一方面，他則是心不在焉地聽著從剛才便打在朱雀大路上的雨聲。

大雨包圍住羅生門，遠處傳來一陣陣淅瀝嘩啦的雨聲。夜幕逐漸低垂，舉頭一看，只見城門屋頂正支撐著斜向突出的瓦片前端那片沉重的烏雲。

為了解決迫不得已、走投無路的情況，也只能不擇手段。事到如今還想選擇手段，最後只能餓死在牆角下或路邊泥土地上。接著被人拖上城門，像狗一樣被棄置於此。如果不擇手段呢——長工的想法，一次又一次在同樣的路上徘徊，最後終於歸納出這個結論。但是這個「如果」終究也只是「如果」。雖然長工肯定不擇手段的念頭，但是解決的方法，當然只有隨後而來的「除了成為盜賊外別無他法」；因此他也只能積極地肯定不擇手段的想法，卻提不出實行的勇氣。

長工打了個大噴嚏，然後鄭重其事地站了起來。入夜轉涼的京都，已經冷到讓人想要火爐取暖了。冷風伴隨夜色，毫不客氣地從城門柱子間呼嘯而過。原本停在朱漆圓柱上的蟋蟀也不知道跑哪去了。

長工縮著脖子，聳起深藍色棉衣與鮮黃色汗衫下的雙肩，環視城門四周。他打算找個能遮避風雨、隱密，且能放鬆睡上一晚的地方過夜。他很幸運地看見一道通往城門上方城樓、寬度頗寬的朱漆梯子。即使城樓上有人，反正也都是死人。於是長工一邊留意插在腰間的木柄長刀，以免刀身滑出刀鞘，一邊舉起穿著草鞋的腳，踏上梯子最下面的一階。

幾分鐘後，在通向羅生門城樓的寬闊梯子中段，有一個男人如貓般弓身屏息，窺看城樓上方的動靜。城樓上方發出火光，隱約照亮了男人的右頰，臉頰上蓄著短鬍，並有一顆紅腫化膿的面皰。長工打一開始便認為樓上都是死人。沒想到爬上兩、三階一看，上頭竟有人點著火，而且火光還前前後後四處移動。混濁昏黃的火光搖曳，映照在布滿蜘蛛網的閣樓上，因此他立刻明白了一件事。大雨滂沱的深夜裡，會在羅生門上點火照明的人，一定不是普通人。

長工像壁虎般躡手躡腳，好不容易才爬上陡峭的梯子頂端。接著他盡可能地壓低身體，並向前伸長脖子，戰戰兢兢地窺視城樓裡面。

只見城樓內正如傳聞所言，好幾具屍骸隨意丟棄其中，然而火光所及的範圍比想像中狹窄，因此不知屍骸數量究竟有多少。只不過，雖然火光昏黃朦朧，還是能分辨其中有赤裸的屍骸，以及穿著衣服的屍骸。裡頭當然有男有女。那些屍骸的模樣，幾乎令人懷疑他們過去曾是活生生的人類這個事實，他們彷彿泥土捏成的人偶，有的張著嘴、有的張開雙手，雜亂無章地躺在地上。不僅如此，朦朧的火光照射到肩膀或胸部等較為突出的部分，使凹陷部分的陰影顯得更加陰暗，那些屍體如啞巴般靜默，恆久不語。

長工因為屍骸腐爛的臭氣，不禁伸手掩鼻。但下個瞬間，他卻放下了手，忘記掩鼻。因為某種強烈的情感，幾乎奪走了這名男子的嗅覺。

長工雙眼看到了蹲踞在屍骸中的人。那是一個身穿紅棕色衣服、矮小瘦削、滿頭白髮、跟猴子一樣的老嫗。老嫗右手拿著點燃的松木片，定睛凝視其中一具屍骸的面孔。屍體頭髮很長，看來大概是具女屍。

長工受到六分的恐懼與四分的好奇心驅使，甚至暫時忘了呼吸。借用舊記作者的話來說，大概就是「毛骨悚然」的感覺。老嫗將松木片插入地板縫隙，然後將雙手放在凝視許久的屍骸頭上，如母猴幫小猴抓蝨子似地，開始一根一根拔下長髮。她的手到哪裡，頭髮就立刻脫落。

隨著頭髮一根根被拔下，長工心中的恐懼也漸漸消失。同時，他對老嫗逐漸產生了強烈的憎惡。——不，說是對老嫗心生憎惡，這句話或許有語病。應該說是對一切罪惡的反感，隨著一分一秒過去，逐漸增強。此時，如果有人重新向長工提出他剛才在城門下考慮的「餓死還是做賊」這個問題，恐怕長工將會毫無眷戀地選擇餓死吧。長工憎恨罪惡的心，正如老嫗插在地板上的松木片，火勢猛烈地燃燒著。

長工當然不明白老嫗為何要拔死人的頭髮。因此他也不知道該將老嫗的行為歸類為善或惡才合理。但是對長工而言，雨夜中在羅生門上拔取死人的頭髮，光是如此便已是不可饒恕的罪惡。當然，長工也早已忘記他自己直到剛才為止，還想著要成為盜賊的事了。

於是，長工雙腳使勁從梯子一躍而上。他邊按著木柄鋼刀，邊邁出大步走向老嫗。不用說，老嫗當然大吃一驚。

老嫗瞥了長工一眼，接著就像被弓弩發射出去似地彈跳開來。

「妳想去哪裡？」

老嫗蹲在屍體堆中，正打算倉皇逃離時，長工擋住了她的去路，並且如此喝斥。

老嫗不為所動，仍想推開他逃跑。長工不讓她走，又把她逮了回來。兩人就在屍骸之中，不發一語地扭打了一陣子。然而，勝敗一開始便已分曉。長工最後抓住了老嫗的手臂，硬將她壓倒在地。她的手臂宛如雞爪，只剩皮包骨。

「妳在幹什麼？說！不說的話，就吃我一刀！」

長工放開老嫗，旋即拔開長刀的刀鞘，將亮晃晃的白色鋼刀推至她眼前。但老嫗仍舊默不作聲。她雙手不停顫抖，肩膀上上下下地喘著氣，眼睛睜得老大，眼球幾乎要掉出眼眶，她堅決不說半句話，像個啞巴似地。看見這情景，長工忽然明白意識到，老嫗的生死完全掌控在自己手中。而這個意識，不知不覺中使他先前熊熊燃燒的憎惡之心冷卻了下來。只剩下做了某種工作並圓滿完成時，那種安樂無憂的得意和滿足。於是，長工低頭看著老嫗，放輕聲調對她說：

「我不是檢非違使④廳的官吏。我只是方才碰巧路過城門下的旅人。所以我不會以繩子綁妳，或對妳做些什麼。妳只要告訴我，現在這時候，妳在城門上做什麼就可以了。」

結果老嫗原本瞪得老大的眼睛張得更大了，她死盯著長工的臉瞧。以眼眶赤紅如肉食鳥般的銳利眼神看著他。接著，她張開因為皺紋而幾乎和鼻子融為一體的嘴脣，彷彿咀嚼著什麼似地囁囁囁囁。突起的喉結在她細窄的喉嚨裡上下移動。就在此時，從她喉嚨裡發出近似烏鴉鳴叫的聲音，嘶啞殘喘、斷斷續續傳入長工耳中。

「我拔這些頭髮，我拔這些頭髮，是想拿來做假髮啊！」

長工對老嫗出乎意外平凡的答案感到失望。失望的同時，先前的憎惡和冷冰冰的侮蔑，再次爬回心中。他的神色，對方大概也看出了端倪。老嫗一手拿著從屍骸頭上拔下的長髮，用蟾蜍低鳴似的嗓音，含糊不清地說：

「沒錯，或許拔死人的頭髮，多少算是一件壞事。但是，躺在這裡的死人，全都活該落得這種下場。就拿我剛才拔她頭髮的女人來說，她生前將蛇一段一段切成四寸長，聲稱是魚乾，還賣給東宮⑤護衛的官府！如果她沒有因為染上瘟疫而死，現在大概還在幹著一樣的勾當！而且那群東宮護衛還稱讚這女人賣的魚乾味道好，每次採買時一定會買回去。我不認為這女人的所做所為是壞事。因為她如果不這麼做

④古代日本律令制度下的官名。「檢舉徹查非法的天皇特使」之意。
⑤即太子。

就會餓死，她那麼做也是情非得已。同樣道理，我也不認為我做的是壞事。我如果不這麼做就會餓死，我也是情非得已。這女人很清楚什麼是迫於無奈，所以她應該會寬恕我所做的事情吧！」

老嫗說的話大概是這個意思。

長工將長刀收回刀鞘，左手按在刀柄上，冷冷地聽著這段話。同時，右手撫摸著那顆紅腫化膿的大面皰。然而，聽著聽著，長工心裡忽然產生了一股勇氣。那正是剛才在城門下，他所缺乏的勇氣。而且，這股勇氣與他剛才爬上城門、抓住老嫗時的勇氣完全相反。其實長工對於選擇餓死或成為盜賊，總是感到遲疑。但說到他此時此刻的心情，餓死之類的事幾乎早被逐出意識之外，甚至連想都不用想。

「此話當真？」

老嫗話一說完，長工立刻以嘲弄般的口吻確認。接著他往前跨出一步，突然將右手從大面皰上拿開，一把抓住老嫗的領口，咬牙切齒地說：

「那麼，就算我剝下妳的衣服，妳也不會恨我吧？因為我若不這麼做，就會餓死啊！」

長工迅速剝下老嫗的衣裳。然後粗暴地將正準備抓住他雙腳的老嫗踹倒在屍骸上。他的位置距離梯口僅僅只有五步。長工把搶來的紅棕色衣服夾在腋下，轉眼間便爬下了陡直的梯子，鑽入夜色中。

不久之後，暫時如死屍般倒臥在地的老嫗，從屍骸中全身赤裸裸地站了起來。老嫗發出嚅嚅囁囁、痛苦呻吟般的嗓音，憑藉著還在燃燒的火光爬到梯口。她從梯口探出留著雪白短髮的頭，倒垂著窺視城門下方。外頭只剩深沉漆黑的夜色。

誰也不知道長工的去向。

鼻子

はな

捕 捉 人 性 微 妙 心 理 變 化

大正五年一月

發表於雜誌《新思潮》創刊號

人心存在著兩種互相矛盾的情感。當然，任何人都會同情他人的不幸。然而，當那個人想方設法成功克服不幸後，反而換自己萌生一種若有所失的心情。

人間の心には互いに矛盾した二つの感情がある。無論、だれでも他人の不幸に同情しない者はない。ところがその人がその不幸を、どうにかして切りぬけることが出来ると、こんどはこっちでなんとなく物足りないような心もちがする。

說到禪智內供⑥的鼻子，池尾一帶可是無人不知、無人不曉。長度約五、六寸，從上唇上方垂掛到下巴。形狀則是從山根到鼻尖一樣粗。就好比細長的香腸垂掛在臉孔的正中央。

年過半百的內供從以前還是個小沙彌時，直到今日晉升至內道場供奉一職，內心始終為這個鼻子所苦。表面上，他總是露出一副不在意的模樣。不僅是因為他認為，身為理應一心向佛、以求往生淨土的僧侶，不該將心思放在掛念鼻子之上。而讓他人知道自己在意鼻子，這件事更令他心生厭惡。內供平日的談話中，最害怕的莫過於「鼻子」兩個字。

內供對鼻子感到頭痛的理由有二。——一是實際上長鼻子極為不便。首先，吃飯時無法獨自用餐。若是獨自用餐，鼻尖便會碰到金屬碗中的飯。因此吃飯時，內供讓一名弟子坐在用膳的矮桌對面，以寬一寸、長兩尺的木板撐起他的鼻子。然而，不管是對負責撐高鼻子的弟子還是被人撐高鼻子的內供而言，這樣吃飯都不輕鬆。有一次，代替這名弟子過來的中童子⑦打了個噴嚏，手一抖，便失手讓內供的鼻子掉入粥裡，這件事當時連京都也傳得沸沸揚揚。——然而對內供而言，這絕非讓他因鼻子苦惱的主因。真正讓內供苦惱的是因鼻子而受傷的自尊心。

池尾的老百姓都說幸虧有著這種鼻子的禪智內供是個出家人。因為他們認為長著那樣的鼻子，絕對沒有女人願意嫁他為妻。其中甚至有人批評他是因為那個鼻子才出家的。但內供並不認為自己成了僧侶，對鼻子的煩惱便減輕了多少。內供的自尊心其實相當敏感脆弱，因此也難免受到無法娶妻這樣的事實影響。於是不管採取積極或消極的方式，內供都努力嘗試恢復受損的自尊心。

內供首先想到的方法，就是讓長鼻子看起來比實際上更短。他趁四下無人之際，對著鏡子以各種角度照臉，專心地揣摩。有時臉的角度一變就令他浮躁不安，於是他一會兒用手托著腮幫子，一會兒又將手指放在下巴，不厭其煩地觀看鏡中的自己。但是鏡中的鼻子看起來，從未短到讓他覺得滿意。有時他越是費盡心思，反而覺得鼻子看起來越長。這種時候，內供便會將鏡子收到盒子裡，莫可奈何地嘆口氣，心

---

⑥內供奉的省略，服務於宮中的內道場，專司法會誦經或為天皇祈禱的高僧。
⑦寺廟裡負責跑腿打雜，年紀約十二、三歲的男童。

不甘情不願地再次坐回誦經桌前念起《觀音經》。

接著他又不斷觀察別人的鼻子。經常有僧侶前來池尾的寺廟說法講道。寺廟內禪房櫛比鱗次，每天都有寺裡的和尚在澡堂裡燒水。因此，出入的僧侶形形色色、絡繹不絕。內供不厭其煩地打量這些人的臉。他想找到一個鼻子跟自己一模一樣的人，好讓自己安心。因此內供的眼中看不見藏青色的水干⑧或純白的帷子⑨。更別說亮橘色帽子及深褐色法袍了，因為平常看慣了，更是視而不見。內供從不看人，只看鼻子。——但是，雖然有鷹勾鼻，卻不見半個像內供這樣的鼻子。遍尋不著，使得內供又逐漸心生不快。內供和人說話時，總是不自覺地捏著垂下的鼻尖，也不顧自己一把年紀了還漲紅了臉，全是因為不快情緒所導致的行為。

最後內供甚至想從《內典》《外典》中找出鼻子跟自己一樣的人物，聊以排遣內心的苦悶。但是，不管哪本經文都不曾記載目連⑩及舍利弗⑪的鼻子是長的。而龍樹和馬鳴兩尊菩薩的鼻子，當然也無異於常人。內供聽人提及震旦⑫蜀漢的劉玄德耳朵長時，他心想：如果是鼻子的話，自己不知道會是多麼寬慰呀！

內供一方面消極地苦心尋求慰藉，另一方面又積極地嘗試縮短鼻子的方法，這件事無須在此贅述。能試的方法，內供全都嘗試過。他曾將王瓜煎成湯藥飲用，也曾在鼻子上塗抹老鼠尿液。但是無論他怎麼做，五、六寸長的鼻子依然垂掛在嘴唇上。

然而，某年秋天，上京幫內供辦事的弟子，從熟識的大夫那裡學到了縮短長鼻子的方法。那名大夫原本是從震旦渡海而來的，當時在長樂寺當供奉僧。

內供一如往常，表現出對鼻子毫不在意的模樣，故意不說他想立刻試試那個方法。另一方面，他則以輕鬆的語氣說著每次用餐時都要勞煩弟子幫忙，甚是過意不去。他內心當然是在期待弟子勸說自己嘗試這個方法。弟子也明白內供的策略。內供採取這種策略的用心良苦，不僅沒讓弟子反感，反倒打動了弟子的同情心。弟子便如內供的預期，苦口婆心地勸他嘗試這個方法。最後內供本身便也如願以償地聽

⑧ 原為平安時代在宮中服務或服侍貴族的下級官吏所穿的服裝，後成為公卿平日的外出服，或少年元服（成人禮）前於喜慶場合所穿的衣裳。

⑨ 沒有內裡、多以棉麻製成的夏季衣裳。

⑩ 即目犍連，亦作目蓮。相傳就是民間傳說「目連救母」的主角。

⑪ 心經中的「舍利子」即為舍利弗。舍利弗與目連同為釋迦牟尼佛的十大弟子。

⑫ 古代印度對中國的稱呼。

從了弟子熱心的勸說。

方法極其簡單，只要用熱水燙過鼻子，再讓人踩踏即可。

寺廟的澡堂每天都會燒熱水。弟子便立刻從澡堂打來一桶燙到連手指都伸不進去的熱水。但是，直接將鼻子浸入木桶中，臉有被蒸氣燙傷的危險。於是就在方形木盤上打洞，覆蓋在木桶上，從洞口放入鼻子，浸泡在熱水之中。只將鼻子浸泡在熱水中，絲毫感覺不到燙。過一陣子，弟子便說：

「已經燙得差不多了吧？」

內供不禁苦笑。因為他心想：光聽到這句話，任誰也想不到他們聊的是鼻子吧？鼻子被熱水蒸氣燙得發癢，像被跳蚤咬了一樣。

內供一從方形木盤上的洞口抽出鼻子，弟子便開始雙腳用力地踩踏還冒著煙的鼻子。內供橫躺在地，將鼻子拉長放在地上，看著弟子雙腳在眼前上下移動。弟子有時露出憐憫的表情，低頭看著內供童山濯濯的腦袋瓜子，如此詢問：

「您痛不痛？大夫說要用力踩。但是，您痛不痛？」

內供想搖頭表示不痛。但是鼻子被人踩著，脖子無法隨心所欲移動。因此他眼神朝上，望著弟子龜裂的雙腳，以憤怒的口吻回答：

「不痛！」

實際上，由於弟子正好踏在鼻子發癢的地方，因此非但不痛，反而還頗舒服的。

弟子踏了一會兒，鼻子上開始冒出粟米粒般的東西。形狀就好像將拔光羽毛的小雞整隻拿去火烤一樣。弟子看見這情景，便停下雙腳，喃喃說道：

「大夫說過，得用鑷子拔掉這些東西。」

內供略有不滿似地鼓起雙頰，默不作聲地任弟子擺布。他當然也明白弟子是出於好意。即使明白，但弟子卻像對待物品般對待自己的鼻子，他內心不甚愉快。內供的表情宛如一名病患正準備接受不信任的醫師動手術似地，心不甘情不願地看弟子拿著鑷子，從鼻子毛孔裡夾出脂肪。脂肪的形狀像鳥羽羽管，竟拔出了四分長。

最後終於清除乾淨後，弟子露出鬆了一口氣的表情說：

「再浸泡一次熱水就行了。」

內供依舊皺著眉頭，露出心有不服的表情任弟子擺布。

第二次抽出浸泡熱水的鼻子一看，鼻子果然變短了。這下子看來便與一般的鷹勾鼻無異。內供撫摸著變短的鼻子，難為情且提心吊膽地照著弟子拿出來的鏡子。

鼻子——原本垂到下巴的鼻子，不可置信地萎縮了，現在只剩一部分在上唇上方不爭氣地苟延殘喘著。鼻子上四處可見紅腫斑點，應當是被踩時留下的痕跡吧。這下子，再也不會有人取笑我的鼻子了。——鏡子外的內供看著反映在鏡中的臉，心滿意足地眨了眨眼。

但是，他卻擔心起會不會才經過一天，鼻子又長長了。內供無論是誦經還是用餐，只要一有空便伸手輕撫鼻尖。不過鼻子仍舊乖乖地待在嘴唇上方，並沒有往下垂的跡象。內供睡了一晚，翌日清晨一睜開眼，便立刻撫摸自己的鼻子。鼻子依舊是短的。此刻，內供多年來第一次有了宛如抄寫《法華經》累積功德時那種輕鬆暢快的心情。

然而過了兩、三天，內供發現了出人意表的事實。一名前來池尾寺廟辦事的武士，露出比先前更覺得可笑的表情，話也沒說幾句，目不轉睛地盯著內供的鼻子瞧。不僅如此，先前曾失手使內供鼻子掉入粥裡的中童子，在講堂外與內供擦身而過時，一開始還低著頭憋笑，最後終於忍俊不住，噗哧笑了出來。已經不止一、兩回在他交代下級僧侶辦事時，那群弟子在他面前還恭恭敬敬地聽著，但內供一轉身，便立刻嘻嘻哈哈地笑了起來。

內供一開始認為是自己相貌改變所致。但光是這樣的解釋，似乎無法充分地說明他們的反應。——當然，中童子和下級僧侶取笑他的原因，無疑就在此。但一樣是笑，又不同於以前鼻子還長的時候。若說看不習慣的短鼻子比習以為常的長鼻子滑稽，那也就罷了。可是似乎還有其他原因。

「人們以前可不會那樣毫不留情地訕笑啊！」

有時內供誦經到一半會停下來，歪著光禿禿的腦袋瓜子喃喃自語。每當這種時候，受人敬愛的內供必會茫然地望向身旁的普賢菩薩畫像，回憶起四、五天前還是長鼻子的時光，好似「猛虎落平陽，憶往日榮光」般變得悶悶不樂。——遺憾的是內供缺乏回答這問題的智慧。

——人心存在著兩種互相矛盾的情感。當然，任何人都會同情他人的不幸。然而，當那個人想方設法成功克服不幸後，卻換自己萌生一種若有所失的心情。說得稍微誇張一點，甚至會想看到對方再次陷入不幸。不知不覺間，便開始對那個人懷抱著一種消極的敵意。——內供雖然不明所以，卻莫名感到不快，無非是因為他從池尾的僧侶態度中，感受到了這種旁觀者的利己主義。

內供日漸乖戾。無論對方是誰，他開口的第二句話，必定是刁難與責罵。最後連為他治療鼻子的弟子也在背後咒他：「內供以後一定會下地獄的！[13]」最讓內供氣憤的，莫過於那個調皮搗蛋的中童子。某天，門外傳來刺耳吵雜的狗吠聲，內供漫不經心地走出外頭一瞧，只見中童子手上揮舞著兩尺長的木板，正在追趕一隻瘦巴巴的長毛狗。而且中童子不僅是追趕牠。他邊追，口中還邊大聲嚷嚷：「小心打到鼻子！小心這個打到鼻子喔！」內供從中童子手中一把搶走木板，狠狠地打在他臉上。這木板正是以前用來撐起鼻子的木板。

內供悔不當初，反而怨恨起變短的鼻子。

某天夜裡，大概是日暮西山後突然颳起了風，枕邊傳來佛塔上風鐸[14]被風吹動的惱人聲響。加上氣溫驟降，年老的內供想睡，卻怎麼也難以入眠。他在被窩裡翻來覆去，突然覺得鼻子騷癢難耐。他伸手一摸，發現鼻子彷彿水腫般，顯得有些浮脹。而且似乎只有鼻子在發燙。

「或許是硬把它弄短，害它出了什麼毛病吧？」

內供猶如在佛前上香供花般，畢恭畢敬地按著鼻子，如此說道。

翌日清晨，內供一如往常起了個清早，只見寺內的銀杏及橡樹在一夜之間掉光了葉子，因此庭園就像鋪滿了黃金般明亮耀眼。大概是佛塔屋頂結霜之故，九輪⑮在朦朧的朝陽中閃閃發光。禪智內供站在格子窗⑯高高吊起的迴廊上，深吸了一口氣。

就在此時，內供再次感受到一股幾乎快要遺忘的某種感覺。

內供連忙將手伸向鼻子。手觸碰到的，並非昨夜的短鼻。而是以前那個長五、六寸，從上唇上方垂掛至下巴的長鼻子。內供知道鼻子在一夜之中，又恢復成原本的長度了。同時，就跟鼻子縮短時一樣，他再次感受到了歡欣愉悅的心情。

「這下子，再也不會有人取笑我的鼻子了！」

內供在心中對自己低聲呢喃，一邊在黎明的秋風中晃動長長的鼻子。

⑬原文為受到法慳貪之罪，佛法中認為犯了慳貪（即吝嗇、貪婪）之罪者，死後會落入餓鬼道。

⑭懸掛在佛塔或佛堂四角，青銅製的鐘型風鈴。

⑮又稱為空輪，佛塔頂端的九層金輪裝飾。

⑯日文為「蔀」，格子狀的木窗，中間插入木板擋光或遮風避雨。打開位置較高的「蔀」時，會以木條撐起，或用繩子懸吊。

蜘蛛之絲

くものいと

揭櫫利己心理的醜惡

大正七年四月

發表於兒童文藝誌《赤鳥》

「你們這群罪人聽著！這條蜘蛛絲是我的！誰准許你們爬上來的？滾下去！滾下去！」

就在這瞬間，直至方才都文風不動的蜘蛛絲，竟突然發出聲響，從犍陀多懸掛的地方斷裂了。

「こら、罪人ども。この蜘蛛の糸は己のものだぞ。お前たちは一体だれに尋いて、のぼって来た。下りろ、下りろ。」

その途端でございます。今までなんともなかった蜘蛛の糸が、急に犍陀多のぶら下がっている所から、ぷつりと音を立てて断れました・

一

某日，佛陀獨自在極樂淨土的蓮池畔漫步。池中蓮花盛開，一朵朵皆白淨如玉，金色花蕊不斷釋放出難以言喻的馨香。此刻的極樂淨土正值清晨。

不久，佛陀佇立池畔，不經意地從遮蔽水面的蓮葉之間瞧見池下的情景。極樂淨土的蓮池下方正是地獄底層，因此透過彷彿放大鏡般澄澈如水晶的池水往下望，三途之河與刀山的景色清晰可見、盡收眼底。

此時，一個名叫犍陀多的男子與其他罪人在地獄底層痛苦掙扎的模樣，映入佛陀的眼簾。犍陀多雖然是個殺人放火、無惡不作的大盜，卻曾做過一件善事。話說，某次他走在茂密樹林中，瞥見一隻小蜘蛛在路旁爬行。犍陀多立刻舉起腳來，準備一腳踩死蜘蛛，但他突然轉念心想：「不可、不可，蜘蛛雖小，但無疑也是一條生命。隨意奪走牠的性命，未免太可憐了！」於是犍陀多便放了蜘蛛一條生路。

佛陀一邊看著地獄中的景象，一邊回想起犍陀多放走蜘蛛的事。佛陀有意設法將他救出地獄，以回報他的此般善舉。幸好，佛陀身旁恰巧有隻極樂淨土的蜘蛛，正在翠綠的蓮葉上編織著美麗銀絲。佛陀輕輕取來蜘蛛絲，從晶瑩如玉的白蓮間，朝遙遠的地獄底層筆直垂下一條蜘蛛絲。

二

犍陀多和其他罪人，正在地獄底層的血池中載浮載沉。無論望向何方，四周淨是一片漆黑；黑暗中偶爾浮現一道朦朧光影，仔細一看才知道那是駭人的刀山閃爍的寒光，不禁令人膽戰心驚。不僅如此，四周更是宛如墓穴般一片死寂，只能偶爾聽到罪人微弱的嘆息。凡是落到這地步的人，早已受盡地獄的折磨而疲憊不堪，連哭出聲音的力氣都沒有。因此就連大盜犍陀多也只能在血池裡被血水嗆得喘不過氣來，像隻瀕死的青蛙般無力掙扎。

然而，犍陀多驀然抬起頭眺望血池上空，寂靜無聲的黑暗中，只見遙遠的天上有一條銀色蜘蛛絲，彷彿害怕被人瞧見似地發出一道微弱的光芒，順暢無礙地垂落至自己的頭上。犍陀多見狀，不禁開心地拍起手來。他心想，只要沿著這條蜘蛛絲往上攀，必能就此脫離地獄。不，順利的話，甚至還能爬上極樂淨土。如此一來，再也不用被驅趕上刀山，也不必再被沉入血池之中了。

一想到這點，犍陀多立刻伸出雙手，緊緊抓住蜘蛛絲，開始拚命朝上方攀爬。他生前是名大盜，因此他老早就習慣這麼做了。

然而，地獄與極樂淨土之間足足有好幾萬里遠，不論他再怎麼焦急，仍舊無法輕易爬出地獄。爬了一會兒，犍陀多終於也筋疲力盡，無法繼續往上攀爬。他無可奈何，只好稍事休息，懸掛在蜘蛛絲上，俯瞰遙遠的下方。

他定睛一看，方才拚命攀爬，總算沒有白費力氣，不久之前自己還身陷其中的血池，現在已隱沒在黑暗之下。而發出朦朧的刀光劍影，令人不寒而慄的刀山，也在自己的雙腳之下。再繼續往上攀爬，或許要逃出地獄也不是什麼難事。犍陀多雙手纏繞在蜘蛛絲上放聲大笑，他以墜落地獄後多年不曾發出過的笑聲高喊：「太好了！太好了！」但當他回過神來，只見蜘蛛絲下方，有數不清的罪人跟在自己後頭，宛如一列螞蟻般一心沿著蜘蛛絲攀登而上。犍陀多見此情景，驚訝與恐懼之餘，有好一陣子只能像個傻子般張著大口、瞠目結舌。連自己一個人攀附其上都岌岌可危的纖細蜘蛛絲，怎麼承受得住那麼多人的重量？萬一蜘蛛絲斷了，那麼就連費盡千辛萬苦才爬到這裡的自己，可能也會跟著墜落，掉回地獄，事情演變到那地步可就糟糕！就在這當下，仍有成百成千的罪人從漆黑的血池底層前仆後繼地往上攀爬，他們沿著發出細微光芒的蜘蛛絲排成一列，死命地爬了上來。犍陀多心想，若不趁現在想想辦法，蜘蛛絲定會斷成兩截，自己勢必將墜落地獄。

於是，犍陀多高聲嘶吼：「你們這群罪人聽著！這條蜘蛛絲是我的！誰准許你們爬上來的？滾下去！滾下去！」

就在這瞬間，直至方才都文風不動的蜘蛛絲，竟突然發出聲響從犍陀多懸掛的地方斷裂了。犍陀多再也撐不住。轉眼間，他便高速墜落，像個陀螺似地不斷旋轉，頭上腳下地掉進黑暗深淵。

只剩極樂淨土的蜘蛛絲，散發細微的光芒，短短地垂掛在無星無月的半空中。

三

佛陀佇立在極樂淨土的蓮池畔，凝望著事情的經過。見到犍陀多最後如石子般沉入血池底部，佛陀露出悲痛的神色，又開始踏出步伐漫步。犍陀多只顧自己逃離地獄、毫無慈悲之心，於是他受到了應得的報應，又墜回原本的地獄；此情此景在佛陀眼中，一定顯得極為可悲吧！

但是，極樂淨土蓮池裡的蓮花，一點也不介意那些俗事。淨白如玉的蓮花，花萼在佛陀腳邊悠游擺盪，金色花蕊不斷釋放出難以言喻的馨香。此刻的極樂淨土已近正午。

（大正七年四月十六日）

地獄變
じごくへん

藝術至上主義的極致書寫

大正七年五月
發表於報紙〈大阪毎日新聞〉（晚報）

那男人眼中看見的，似乎不是女兒掙扎死亡的模樣。他眼中所見的情景是——火焰美麗的顏色與大火中痛苦掙扎的女子，讓他內心感受到無盡的喜悅。

それがどうもあの男の眼の中には、娘の悶え死ぬ有様が映つていないようなのでございます。唯美しい火焔の色と、その中に苦しむ女人の姿とが、限りなく心を悦ばせる——そう云う景色に見えました。

一

堀川王爺這般的人，可謂前無古人、後無來者。相傳王爺誕生前，大威德明王曾現身於王爺母親夢中；總之，王爺可謂天賦異稟的英才。因此，王爺的所作所為，沒有一件不出乎我等意表之外。

就拿堀川宅邸來說，其規模不知該形容為壯闊還是恢弘，有著我等凡人思慮所不及的大膽之處。世人對王爺的種種行徑議論紛紛，拿王爺的為人與秦始皇或隋煬帝相提並論，但無異於俗話所謂的瞎子摸象。王爺心中思慮的，絕非自身的榮華富貴。王爺心思縝密，有著能與天下共樂的宏大氣度。

因此，想必王爺即使遇上二條大宮的百鬼夜行，也不會大驚小怪。甚至相傳夜夜出現在東三條河原院，因為庭園造景完美重現陸奧塩竈景色而頗負盛名的源融左大臣幽靈，在王爺的喝斥下，必定也會就此消失了蹤影。

也難怪當時京都的男女老少，只要一提到王爺，便像神明顯靈般敬慕尊崇。就連有次王爺參加宮廷舉辦的賞梅宴會，回程時拉車的牛脫韁狂奔，撞傷了路過的老人家，老人卻雙手合十，說王爺的牛撞上自己是莫大榮幸。

正因為如此，王爺一生之間留給後世相當多逸聞軼事。好比贈與大饗[17]來賓三十匹白馬作為回禮、將寵愛的隨侍小童立於長良橋橋柱獻祭[18]，以及讓身負華佗醫術的震旦僧侶切除腿上痘瘡等等——實在無法一一細數。

但在諸多逸聞軼事中最令人驚駭的，莫過於至今仍為王爺家所珍藏的地獄變屏風之由來。只有那一次，連平時不論遭遇何事都泰然自若的王爺也震驚不已。更何況隨侍在側的我們，只能說差點嚇得魂飛魄散。尤其是我，侍奉王爺這二十年來，甚至從未見過如此悽慘的場面。

然而，在說那段故事前，我必須先提及描繪地獄變屏風的畫師良秀。

⑰平安時代由宮廷或朝臣主辦的饗宴。
⑱古代日本在建造大工程時會以活人獻祭，以祈求工程順利進行、避免遭到天災人禍破壞，即所謂的「人柱」。當時會選擇在建造物附近，將獻祭的活人埋入土中或沉入水裡。

二

提到良秀這男人，或許至今還有人記得他。良秀是個大名鼎鼎的畫師，相傳當時只要提起畫筆便無人能出其右。發生那件事的當時，他年紀約莫半百。外表是個個頭矮小、瘦骨嶙峋、脾氣暴躁的老人。他來到王爺宅邸時，身穿土黃色狩衣⑲，頭戴反摺烏紗帽，然而他為人極其卑劣，年紀已老大不小，不知為何嘴唇卻仍然鮮紅，因此更讓人對他有種陰森、近似於野獸的感覺。有人說他的嘴唇是因為長年舔舐畫筆，沾上紅色顏料所致，但是真是假不得而知。特別是有些說話刻薄的人，總說良秀的行為舉止像隻猴子，甚至給他起了個綽號叫猿秀。

說到猿秀，還有這麼一段故事。當時年紀將滿十五的良秀獨生女，成了王爺府上的小侍女，只不過女孩一點也不像父親，非常討人喜愛。加上或許是早年喪母，女孩年紀雖小卻非常懂事體貼、聰明伶俐、穩重細心，因此王爺夫人與其他侍女對她莫不疼愛有加。

有次，丹波派人送來一隻乖巧聽話的猴子獻給王爺，調皮不羈的少爺便將牠命名為良秀。猴子的模樣原本就惹人發笑，加上那樣的名字，大宅中的人們聽聞後個個笑得合不攏嘴。如果只是揶揄訕笑還說得過去，每當猴子爬上院子裡的松樹，或是弄髒了下人們的床褥，人們便戲謔地大呼小叫「良秀、良秀」，並想盡辦法捉弄牠。

但是某一天，良秀女兒正拿著綁上書信的紅梅樹枝，穿過長長的走廊時，只見小猴子良秀大概是傷了腳，連一如往常攀爬柱子的力氣也沒有，腳一跛一跛地從遠處拉門另一邊死命逃了過來。而牠身後，手上高舉木條的少爺一邊喊著：「站住，偷橘子的小偷！站住！」一邊追趕著牠。良秀女兒一看見這個場面，雖然稍微猶豫了一下，但就在此時，逃向她的猴子緊緊抱住她的褲腳，發出了哀嚎——或許是突然無法壓抑憐憫之心，於是她一手拿著梅枝，一手輕輕打開紫色漸層的外袿袖子溫柔地抱起小猴，來到少爺面前低頭行禮，一邊以冷靜沉著的口吻說：「恕小的多嘴，但牠只是隻畜牲。請少爺饒了牠吧！」

少爺正在氣頭上，因此面有難色，氣憤地踱了兩、三次腳，質問道：

⑲平安時代朝臣的便服，原本是打獵時所穿的服裝，袖子與肩膀軀幹並未完全縫合。後來演變成武家的禮服。

「妳幹什麼替牠說話？那隻猴子可是橘子小偷喔！」

「牠畢竟只是隻畜牲……」

良秀女兒又重複了一次，但最後她只是落寞一笑，毅然決然地回答：

「再說牠名叫良秀，見牠挨打就好似家父受罰，小的於心不忍。」

這下就連頑皮的少爺聽了這句話，也不免讓步屈服。

「這樣啊。既然是為父親求饒，我就放牠一馬吧！」

少爺心不甘情不願地說完後，當場丟下手中的木條，走回來時的那扇拉門。

三

後來，良秀女兒和這隻猴子感情變得越來越好。女兒將小姐賞賜給她的金鈴，用美麗的紅色細繩綁著，掛在猴子頭上；猴子也一樣，不管發生什麼事，都形影不離地跟在女兒身旁。有次女兒染上了風寒，臥病在床時，小猴子便坐在她枕頭邊，露出莫名擔憂的表情，不斷啃咬著自己的爪子。

奇怪的是，再也沒有人像先前一樣捉弄小猴子了。不僅如此，大夥兒反而開始對牠疼愛有加，最後連少爺也會不時投擲一些柿子或栗子給牠；若是武士裡有人踹了這隻猴子一腳，少爺便會大發雷霆。後來，王爺特地要求良秀女兒抱著猴子來到他面前，據說也是因為他耳聞少爺大發雷霆的事。想必王爺自然也聽到了女兒疼愛猴子的緣由。

「難得妳這樣一個孝女！值得打賞！」

王爺賞賜女兒一件紅色袙衣。女兒高舉袙衣恭謝王爺，猴子見狀也畢恭畢敬地向王爺行了個禮，王爺更是樂不可支。因此，王爺寵愛良秀女兒，全是出自讚賞她愛護這隻猴子的孝行與孝心，絕非世人嚼舌根那般，說是因為覬覦她的美色。會出現那樣的流言蜚語當然也在所難免，且待我之後再娓娓道來。這裡只要讓各位知道，王爺並非因為垂涎美色而對一介畫師之女關愛有加即可。

良秀女兒大獲王爺的讚賞，由於她原本就是個聰明伶俐的女孩，因此並未招致其他侍女妒忌。反倒在那之後，眾人更加疼愛她和猴子，尤其小姐總是將她帶在身邊，幾乎可以說是形影不離；小姐搭乘牛車出門時，她也總是隨侍在側。

但是，暫且將女兒的事情擱置一旁，接下來又要談談父親良秀。猴子就如前述，很快便獲得了大家的喜愛，但良秀本人卻還是人見人厭，眾人背地裡依舊稱之為猿秀。而且還不止王爺府中如此。

就連橫川的僧都[20]大人，只要一提起良秀，他就像著魔似地臉色大變，氣得牙癢癢。（據說是因為良秀將僧都大人的所作所為畫成了諷刺畫，但畢竟只是無稽之談，未必屬實。）

總之，那個男人風評不佳，無論詢問任何人，得到的答案皆是如此。即使有人並未加以抨擊，必定是同樣身為畫師的兩、三名同事，或者只知其畫、不知其人的民眾吧！

實際上，良秀不僅是外貌猥瑣，他還有一個更令人厭惡的惡習，因此他會招人厭惡，我也只能說是自作自受。

四

說到他的惡習，正是吝嗇、貪婪、無恥、懶惰、欲望無窮——不僅如此，更嚴重的是他蠻橫自傲，總以天下第一畫師自居，無時無刻將此稱號掛在嘴邊。如果只是在繪畫上如此那還情有可原，但他生性不服輸且自以為是，蔑視世間一切習俗或慣例，全都不以為然。根據長年師事良秀的徒弟所言，某天在某位大人府上，有個名聞遐邇的年邁巫女被亡靈上身，說著可怕的預言時，良秀置若罔聞，信手拿起身邊的筆墨，將巫女猙獰的面貌鉅細靡遺地描繪於紙上。在他眼中看來，亡靈作祟大概也只是欺騙小孩的玩意罷了！

他就是這樣無可救藥的男人，因此他在描繪吉祥天時，會故意畫成低賤的娼妓面孔、在描繪不動明王時，則畫成放蕩的放免[21]模樣；他故意做出種種猖狂的舉動，

---

⑳管理統帥僧尼、寺廟的僧侶官職。官位由高至低分別為僧正、僧都、律師。

㉑被免除刑罰，戴罪替檢非違使廳工作的人犯。

但若當面指責，他則會大聲咆哮：「我良秀畫的神佛，會給我帶來報應才是怪事！」連他的徒弟也受夠了他，其中害怕未來遭他牽連而匆匆求去的人也不在少數。——一言以蔽之，他就是個驕橫自傲的人。他總認為當時天底下再也找不到跟自己一樣了不起的人。

因此不消我多說，便可知曉良秀在畫界的地位有多麼崇高。特別是他的畫、筆觸與用色，都與其他畫師截然不同，因此據說有不少與他交惡的畫師批評他是金玉其外、敗絮其中。他們推崇的是川成與金岡㉒之輩的大家。其他往昔名匠筆下的作品，留下許多優雅美妙的傳聞，好比木板門上的梅花，每到月夜便會飄出陣陣馨香，或是彷彿聽得見屏風上的公卿吹笛的聲音等。而換成良秀的畫，卻總是只有陰森怪異的傳聞。例如他畫在龍蓋寺門上的《五趣生死圖》，只要深夜行經門下，便能聽見天人嘆息或啜泣的聲音。不僅如此，還有人說從畫中聞到了死人腐爛的臭氣。他奉王爺之命描繪的侍女肖像圖也是，不出三年，他筆下的人物便紛紛失魂落魄、罹病喪命。有些刻薄的人說，那正是良秀的畫墮入邪道的證據。

但正如不久之前所說的，他是個恃才傲物的人，因此眾人越是批評他，良秀反而越是沾沾自喜。某次王爺調侃他：「你似乎特別喜歡醜陋的東西呢！」良秀咧開那張不符年齡的赤紅嘴脣，露出陰森的笑容，態度蠻橫地回答：「王爺所言甚是。那群膚淺平庸的畫師，豈能明白醜陋之美！」即便是天下第一畫師，也不該在王爺跟前大放厥詞。也難怪先前提及的徒弟，會在背地裡替他取了一個「智羅永壽」的綽號，譏諷他的傲慢放肆。正如大家所知，「智羅永壽」正是從前由震旦渡海而來的天狗之名。

然而即便是這樣的良秀——無可救藥、離經叛道的良秀，也有一絲具有人性、滿懷情愛之處。

㉒百濟川成（百濟河成）與巨勢金岡，兩者皆為平安時代初期的畫家。

五

良秀近乎瘋狂地疼愛擔任小侍女的獨生女。正如我先前所說的，女兒是個極為善解人意且體貼父親的女孩，那男人對女兒的呵護，絕不亞於女兒對他的關懷。那男人從來不曾給寺廟添過香油錢，但若是女兒身上穿的衣裳和髮飾，他不惜花費多少金錢也要添購得一應俱全，慷慨得令人不敢置信。

但是良秀疼愛女兒也僅止於疼愛而已，他從來也沒想過要幫女兒找個好夫婿。不僅如此，如果有人膽敢接近女兒，對她懷有非分之想，他便會召集一些年輕氣盛的地痞流氓，暗地裡毒打對方一頓。因此，王爺召女兒到王爺府上擔任小侍女時，當爹的良秀甚是不服，有好一段時間來到王爺跟前也總是露出一臉不滿的表情。王爺垂涎女兒的美色，不顧父親反對，硬是召女兒入王爺府的傳聞，大概就是這樣流傳開來的。

即使傳聞是子虛烏有，但良秀護女心切，一心祈求王爺能將女兒歸還給他卻是事實。某次，良秀奉王爺之命描繪《稚兒文殊圖》，他將王爺寵愛的小童畫入圖中，相貌可謂維妙維肖，王爺看了之後甚是滿意，便詢問他：「你想要什麼獎賞，儘管開口！」良秀聽到王爺這句話，認為機不可失，竟然厚顏無恥地回答：「請王爺將小女還給我！」若是其他大人府上還另當別論，但就算再怎麼疼愛女兒，也不能如此放肆地要求堀川王爺將隨侍在側的侍女歸還給他。哪來如此放肆魯莽的人呢？面對這樣的要求，就連寬宏大量的王爺也略顯不悅，不發一語地打量著良秀的面孔半晌。最後終於撂下一句：「那可不成！」便匆匆拂袖而去。這種場面前後大概發生了四、五次。現在想想，王爺看著良秀的眼神一次比一次冷漠。每次發生這種情況時，做女兒的或許是擔憂父親的處境，每次退回侍女的寢室後，總是咬著外褂袖子低聲啜泣。這也使得王爺愛慕良秀女兒的流言不脛而走。甚至有人謠傳地獄變屏風的由來，其實是因為女兒不願順從王爺的意思所致，但那全是空穴來風。

在我們下人眼裡看來，王爺不願辭退良秀女兒，全是因為可憐女兒的身世；與其讓她回到那個頑固的父親身邊，不如留在王爺府上過著不虞匱乏的日子。王爺毋庸置疑是希望多加照顧溫婉善良的她。說王爺覬覦她的美色，恐怕是牽強附會。不，應該說是毫無根據的謊言更加貼切。

總之，為了女兒的事，良秀給王爺的觀感變得越來越差。就在此時，王爺不知出於什麼想法，突然召見良秀，吩咐他繪製地獄變的屏風。

六

一提到地獄變屏風，畫面上恐怖驚駭的景象，頓時歷歷在目地浮現在我眼前。

同樣是地獄變，良秀描繪的跟其他畫師相較之下，首先在構圖上便截然不同。他在其中一面屏風的角落，畫上小小的十殿閻羅和部屬，其餘幾面屏風則是畫上一大片如漩渦般席捲天地的烈焰，火勢猛烈足以熔化劍山刀樹。除了冥府官吏身上近似漢服的黃色和藍色衣裳點綴畫面外，放眼望去全是熊熊燃燒的烈焰色彩，其中還可見到振筆飛墨甩出的黑煙，以及吹落金粉四散而成的火花，宛如卍字一般在漫天大火中狂舞著。

光是這樣的筆法就足以震撼別人的雙眼了，然而畫中每一個遭到業火焚身痛苦掙扎的罪人，幾乎都是以往的地獄畫裡不曾見過的。那是因為良秀在為數眾多的罪人中，畫出了各種不同身分的人，上自公卿大夫，下至乞丐賤民。有身穿官服威風凜凜的公卿、華服艷麗的年輕侍女、戴著數珠的念佛僧侶、腳踏高跟木屐的武裝護衛文士㉓、穿著長袍的女童、手持神器的陰陽師——實在無法一一細數。總之形形色色的人們，在猛烈的火燄與濃煙之中，承受獄卒牛頭馬面的折磨，彷彿遭大風吹散的落葉般，漫無目的地向四面八方竄逃而去。有個頭髮纏在鋼叉上，四肢如蜘蛛蜷縮的女人，看來應該是神巫之類的人物。而被長矛貫穿胸口，如蝙蝠般倒吊的男人，應該是無權無勢的地方小官之流。除此之外，還有遭到鐵鞭鞭笞的、被千斤磐石壓在底下的、被怪鳥啄食的、被毒龍啃咬的——懲罰的方式千奇百怪，因人而異。

然而，其中最怵目驚心的，莫過於掠過野獸獠牙般銳利的刀樹頂端（有許多亡靈層層疊疊插在刀樹頂端），從半空中墜落的一輛牛車。地獄熱風吹拂而上，牛車

㉓古時兼任護衛宮中的武士職務，並在大學寮中學習中國詩文歷史的文人學士。

簾子裡有個身穿華服，裝扮雍容華貴足以讓人誤認為是女御或更衣㉔的宮女，烏黑的長髮在烈焰中飄拂，她白皙的粉頸扭曲，痛苦掙扎著。宮女的模樣也好，燃燒的牛車也罷，無一不讓人想起焦熱地獄㉕的苦難。可以說一大片屏風畫面呈現的恐怖氣氛，都集中在這名人物身上。地獄場景描繪得出神入化，讓每個觀賞這幅畫的人，都不禁懷疑耳中是否傳入了淒厲的叫喚。

啊啊，就是這個，就是為了描繪這幅畫，才會發生那件駭人聽聞的事情。否則良秀又怎麼能活靈活現地畫出墮入地獄永劫不復的苦難呢？那男人完成了屏風上的畫，代價卻是令他賠上性命的殘酷現實。換言之，這幅畫中的地獄，正是天下第一畫師良秀遲早將墮入的地獄啊！……

我因為急於說出那幅地獄變屏風的珍稀之處，而顛倒了故事的順序也說不定。但是接下來，就讓我言歸正傳，繼續講述良秀奉王爺之命描繪地獄圖的故事吧！

七

良秀接獲王爺的命令後，足足五、六個月的期間不曾來到王爺府上，只顧著繪製屏風。最不可思議的是護女心切的良秀一開始畫起畫來，居然連女兒的臉也不想看了。先前提到的徒弟便說良秀一旦開始工作，就像被狐狸附身般渾然忘我。實際上，當時的風評都說良秀能在畫界成名，都是因為他曾向福德大神立下盟誓。證據就是有人信誓旦旦地說，他曾悄悄從暗處偷看良秀振筆作畫的場景，每次都隱約可見靈狐的身影前後左右聚集在良秀身旁。他正是如此專注忘我，因此一旦他提起畫筆，除了完成畫作之外，一切瑣事都會被他拋諸腦後。良秀夜以繼日地將自己關在房裡足不出戶，幾乎沒見過門外的太陽。——尤其是描繪地獄變屏風時，專注入迷的模樣更是前所未見。

我會這麼說，並非因為那男人大白天也待在放下格子窗的房間中，站在三腳燈

㉔兩者皆為天皇嬪妃，女御的地位僅次於中宮（皇后），更衣則在女御之下。
㉕八大地獄之一。

臺的燭火下以祕方調配顏料；或是讓徒弟們穿上水干及狩衣，戴上各式各樣的裝飾，再仔細描繪每一個徒弟的模樣。即便無關描繪地獄變屏風，那男人平常工作時，就有可能做出那些千奇百怪的怪異行徑了。事實上，他在描繪龍蓋寺的《五趣生死圖》時正是如此，他特意來到一般人不屑一顧的屍骸面前，優哉游哉地坐下觀察屍體腐爛的面孔和手腳，就連頭髮也鉅細靡遺地畫了下來。那麼，一定有人無法理解我先前說他專注入迷的模樣前所未見是怎麼一回事吧？我現在無暇敘述詳細情形，但主要就是我接下來所說的這樣。

良秀的一名徒弟（當然就是先前提過的那名徒弟），某天正在以水調和顏料時，師父突然走了過來，告訴他：

「我想稍微睡個午覺，但我最近常做惡夢。」

由於這並不是什麼稀奇的事，因此徒弟並未停下手，只回應師父：

「原來如此。」

然而，良秀卻露出落寞的神情，略顯遲疑地拜託他：

「因此，我午睡的期間，希望你坐在我枕頭邊。」

徒弟對於師父竟然會在意夢境而感到不可思議，但由於那只是舉手之勞，不費工夫，於是他回答：

「我知道了。」

師父卻還是一臉擔憂，猶豫不決地吩咐他：

「那麼，你馬上到後面來。我睡覺時，若有其他徒弟來找我，也別讓他們進來。」

他所謂的後面，就是畫圖的房間，不分日夜緊閉的房門之中，點著一盞朦朧的油燈；到目前為止，只用燒過的木筆打上草稿的屏風，則是繞成一圈立在房間裡。一走進房內，良秀簡直就像筋疲力盡一般，枕著手呼呼大睡；但不出半個時辰，站在枕邊的徒弟便開始聽見無以名狀的詭異嗓音傳入耳中。

八

一開始只是普通的呼吸聲。過了一會兒，聲音逐漸變成斷斷續續的話語，好似溺水的人在水中呻吟般，說著這樣的話。

「叫我過去？——去哪？——叫我去哪？到永劫不復的地獄。到焦熱地獄。——你是誰？竟敢對我說這種話！——你是誰？——原來你是……」

徒弟不禁停下攪拌顏料的手，戰戰兢兢地凝視著師父的臉龐，只見滿是皺紋的臉變得一片慘白，臉上還滲出斗大的汗珠，脣乾齒疏的嘴巴大口大口地喘著氣。他口中有個東西動得非常迅速，讓人忍不住懷疑有人在上頭綁了繩子前後拉扯著；定睛一看，原來是他的舌頭。斷斷續續的話語就是出自他的舌頭。

「我還以為是誰——嗯，原來是你。我早就懷疑是你了。什麼，你來接我？所以要我跟你走。到永劫不復的地獄。地獄裡——我女兒在地獄裡等著我。」

那時，徒弟眼中彷彿看到一個朦朧的詭異身影，由上而下迅速掠過屏風表面飄了過來，他頓時覺得毛骨悚然。徒弟當然立刻將手伸向良秀，使盡吃奶的力氣想搖醒他，但師父卻仍然半夢半醒地喃喃自語，看來要叫醒他並不容易。於是徒弟心一橫，便拿起手邊的洗筆筒，狠狠地將水倒在男人臉上。

「我等你，你搭這輛車過來吧——你搭這輛車，跟我來地獄——」

潑水的同時，良秀的嗓音就像被人掐住喉嚨似地變得嘶啞，他好不容易睜開了眼，彷彿被針刺痛了一般連忙彈起身來。然而大概是他眼中還殘留著夢中的異樣怪物。他露出驚恐的眼神，瞠目結舌地瞪著虛空，過了一陣子才回過神來，接著又態度冷淡地吩咐徒弟：

「可以了，你走吧！」

徒弟說這種時候若反抗師父，隨時會被教訓一頓，因此他匆匆走出師父的房間，當他看見門外明亮的日光時，宛如從惡夢中驚醒過來，鬆了一口氣。

但這還算是好的；約莫過了一個月，良秀特地叫了另一名徒弟到後頭的畫室，他在油燈昏暗的火光中啃咬著畫筆，猛然轉過身來對徒弟說：

「辛苦你了，這次又要你裸身了。」

由於師父先前偶爾也會如此吩咐，因此徒弟立刻褪下身上衣物，赤裸裸地站在他面前。沒想到他卻莫名地皺起眉頭，告訴徒弟：

「我想看被鐵鏈綁住的人，雖然可憐了你，但暫時照我的要求做吧！」

他嘴巴上是這麼說，卻一點憐憫的樣子也沒有，態度冷淡至極。這名徒弟本來就是個喜歡拿刀更甚於握筆的年輕人，即便是身強體健的他聽到這個要求也大吃一驚；後來談起當時的事，徒弟還反覆說了好幾次：「我以為師父瘋了想殺我。」良秀大概是看徒弟拖拖拉拉的，心裡煩躁難耐。良秀不知從哪裡拿出了細長的鐵鏈，一邊用手捲起鐵鏈，一邊氣勢十足地撲向徒弟，跨坐在他背上；也不管他願不願意，便扭起他的雙手，一圈又一圈將鐵鏈纏繞在他身上。接著又冷酷無情地用力扯動鐵鏈的一端。徒弟被這麼一扯，狠狠地摔倒在地發出巨響，倒臥不起。

九

徒弟當時的模樣，恰似在地上滾動的酒甕。手腳都被毫不留情地彎折在背後，能動的只剩頭頸。由於緊緊纏在肥碩身體上的鐵鏈止住了血液循環，無論是臉孔還是軀幹的皮膚都逐漸腫脹泛紅。然而良秀卻絲毫不為所動，他四處遊走觀察徒弟酒甕般的身體，並畫下好幾張相同姿勢的圖。那段期間，被鐵鏈綁住身體的徒弟是多麼痛苦，應該就不用我多說了。

只不過，當時如果沒有發生其他事情，只怕這樣的折磨將會持續下去。幸好（雖說如此，但或許說是不幸更為貼切）過了一會兒，從房間一隅的陶壺陰影中流出了一條如黑油般彎彎曲曲的物體。那東西一開始似乎具有黏性，行動相當緩慢，然而滑行的速度越來越順暢，最後只見那東西閃爍著光芒，流淌到鼻子前面。徒弟不由得倒抽一口氣，大喊：

「有蛇——有蛇！」

也難怪徒弟說他當時全身血液幾乎瞬間凍結。實際上，那條蛇冰冷的舌尖，差點就碰到鐵鏈深陷肉中的徒弟脖子了。看到這場突如其來的意外，就算再怎麼離經叛道的良秀也不由得大吃一驚。他驚慌失措地丟掉手中的畫筆，連忙彎下身子，迅雷不及掩耳地一把抓起蛇的尾巴。蛇雖然被倒吊著，卻還是彎起頭迅速纏住自己的身子，卻怎麼也碰不到良秀的手。

「都是你，害我少畫了一筆！」

良秀憤恨不平地低聲呢喃，順手將蛇拋向房間角落的陶壺，接著不情不願地解開了徒弟身上的鐵鏈。但他也只是解開了鐵鏈而已，連一句安慰徒弟的話也沒有。耽誤他作畫，想必比徒弟遭蛇吻更令他氣憤難耐吧！——後來聽說這條蛇也是良秀為了摹繪身形，特地養在房間裡的。

各位光是聽聞這些事跡，應該就能大致明白良秀專注的程度是多麼瘋狂且令人生畏吧？最後再告訴大家一個故事。這次的受害者是一名年方十三、四歲的徒弟，因為地獄變屏風的關係，遭逢了差點喪命的可怕事故。那名徒弟天生就是個肌膚白皙、如女子般柔弱的少年。某天夜裡，他被師父叫進房內。只見良秀在燈臺火光下，掌中放著某種腥臭的肉塊，正在餵食一隻從未看過的鳥。鳥兒身形大小如貓。據他說，無論是頭頂上如耳朵般朝兩邊突出的羽毛，還是琥珀色的大眼，外觀都跟貓十分相似。

十

良秀這個男人本來就極其厭惡他人插嘴干涉自己的所作所為；先前提及的那條蛇也是如此，他從不告訴徒弟自己房裡有些什麼。因此，他房裡常會出現一些出人意表的物品，隨著他當時描繪的畫而有所不同，有時可見桌上擺著髑骨，有時則放著銀製小碗或畫上蒔繪的高腳漆盤。但是沒有人清楚那些東西平常收藏在什麼地方。良秀之所以會有受到福德大神庇佑的傳聞，這大概就是原因之一。

徒弟看到桌上那隻怪異的鳥兒，便以為牠一定也是用來描繪地獄變屏風的；他恭恭敬敬地走到師父面前詢問：

「師父找我有什麼事？」

良秀充耳不聞，伸出舌頭舔舐鮮紅的嘴唇，並以下巴朝鳥兒一指：

「如何？牠被我馴養得服服貼貼吧？」

「這是什麼鳥呢？我長這麼大，從沒見過這種動物。」

徒弟邊說邊畏懼地凝視那隻如貓般的鳥兒。良秀則是一如往常以嘲笑般的口吻說道：

「什麼，你沒見過？你們這些京城長大的人就是這樣，真傷腦筋。這是兩、三天前鞍馬獵人送我的鳥，名叫貓頭鷹。只不過這麼乖巧的鳥，恐怕不多。」

良秀這麼說著，一邊慢慢舉起手，悄悄由下而上撫摸剛吃完餌食的貓頭鷹背上羽毛。就在那瞬間，鳥兒忽然發出一聲尖銳短促的叫聲，立刻從桌子上飛了起來，雙腳爪子大張，冷不防地撲向徒弟的臉。如果當時徒弟沒有連忙以袖子擋住臉，恐怕臉上早就多出一、兩道傷痕了吧！徒弟邊發出「啊」的慘叫，邊揮動袖子驅趕鳥兒，貓頭鷹俯衝而下高聲鳴叫，又朝他一啄——徒弟忘了師父還在面前，他時而站起時而坐下，或是阻擋或是驅趕，忍不住在狹小的房裡四處竄逃。怪鳥則是隨著他一下飛高一下降低，只要一有空檔，便朝著他的眼睛直撲過來。每當怪鳥拍動翅膀發出巨大聲響時，便會傳來某種奇異的氣息，宛如落葉的氣味、瀑布的飛沫，又像果實發酵腐敗的熱氣，總之令人毛骨悚然到了極點。徒弟也說他當時甚至以為昏暗的油燈火光是朦朧月光，而師父房間就像遙遠深山中充滿妖氣的山谷似的，不由得心生恐懼。

但是徒弟畏懼的，不全然是貓頭鷹的攻擊。更令他毛骨悚然的是，師父良秀自始至終都冷淡漠然地看著眼前的騷動，他慢慢展開畫紙、舔舐畫筆，畫下如女子般的少年遭受怪鳥攻擊四處竄逃的慘狀。徒弟看見師父的模樣，頓時感到無以名狀的恐懼湧上心頭；他說當時真的以為自己會被師父殺害。

十一

實際上他確實有可能遭到師父殺害。畢竟當晚良秀似乎是計畫好的，他特地把徒弟叫來自己房間，設法讓貓頭鷹攻擊徒弟，好畫下徒弟抱頭鼠竄的模樣。因此徒弟一看見師父那模樣，不禁立刻以雙手袖子蓋住頭，發出胡言亂語般的慘叫，直接躲到房間角落的拉門邊一動也不動。就在此時，良秀也發出慌亂的叫聲，似乎想站起身來，但貓頭鷹振翅的聲音比先前變得更加激烈，不斷傳來物品倒塌或掉落的巨大聲響。徒弟一聽到這些聲音，再次變得狼狽驚恐，他忍不住抬起蓋在袖子底下的頭，只見房裡不知不覺中變得一片漆黑，並響起師父呼喚其他徒弟的聲音，聲音聽起來相當煩躁。

終於有一名徒弟從遠處回應，並拿著一盞燈連忙趕了過來。他藉由帶著煤臭的燈光朝房裡一看，才發現三腳燈臺翻倒在地，燈油濺滿了地板和榻榻米；而剛才那隻貓頭鷹則是在地上打滾，痛苦地拍動一邊翅膀。桌子另一邊，良秀撐起身體，露出驚愕的表情，喃喃自語地說著別人聽不懂的話。——這也難怪。那隻貓頭鷹從脖子到一邊的翅膀，都被一隻黑蛇緊緊纏住了。大概是徒弟逃向角落躲藏時，打翻了門邊的陶壺讓蛇爬了出來；貓頭鷹見狀，貿然嘗試捕捉黑蛇，才會引起這麼一場大騷動。兩名徒弟面面相覷，暫時恍惚地看著眼前這片不可思議的光景，接著默默向師父行了一個禮，悄悄退出門外。至於黑蛇和貓頭鷹的下場，沒有人知道。——

這類的事發生過很多次。我先前忘了說，王爺吩咐良秀繪製地獄變屏風是初秋的事；從那之後直到晚冬時節，徒弟們不斷遭受到師父怪異的行徑威脅。就在冬季即將結束前，屏風的進度出現了良秀無法掌控的狀況，他的模樣比先前更為陰鬱，言行也明顯地變得越來越粗暴。同時，屏風的畫完成八成草稿後便不見進展。不僅如此，良秀的模樣看起來，甚至隨時有可能連先前畫好的部分都全部塗掉。

然而沒人知道、也沒人想知道屏風的什麼部分讓他無法掌控。徒弟們經過前述種種事情早就學會了教訓，他們懷著伴君如伴虎的心，盡可能避免接近師父身邊。

十二

那段期間的事情，我就不再贅述了。硬要說的話，就是那個冥頑不靈的老頭，不知為何變得動不動就流淚，時常躲在沒有人的地方獨自哭泣。據說某天，其中名徒弟有事來到庭院，竟瞧見師父呆站在走廊上，悵然若失地眺望春天低矮的天空，眼眶裡淨是淚水。徒弟撞見這副情景，自己反而不好意思了起來，因此他不發一語悄悄離開了庭院。那個為了描繪《五趣生死圖》，不惜摹畫路邊屍骸的傲慢男子，竟因為無法隨心所欲完成屏風的畫就像個孩子般放聲大哭，實在相當異常。

良秀專注於屏風的程度，已經不像個正常人；而這段期間，女兒不知為何變得越來越憂鬱，甚至在我們面前也時常忍著淚水。她原本就是個面帶愁容、皮膚白皙且靦腆謙恭的女孩，這下子睫毛變得更加沉重，眼周的黑眼圈也加深了，給人一種愈發寂寥落寞的氣息。一開始眾人多方揣測，以為她是因為思念父親或受相思之苦所致；但不久便傳出風聲，據說是王爺想讓她聽命當自己的小妾，頓時眾人就像遺忘這件事似的，再也沒有人背地裡對她說長道短。

大概就在那個時候。某天夜裡，我獨自走在走廊上，猴子良秀突然從某處跳了出來，不斷拉扯我的褲腳。我記得那是一個已經可以聞到梅花幽香、淡淡月光灑落一地的溫暖夜晚；我透過月光看見猴子露出白色獠牙，牠皺著鼻子瘋狂地高聲啼叫。我心中懷著三分恐懼，以及新褲子被拉扯的七分憤怒，最初只想一腳踹開猴子揚長而去。但是我又轉念一想，想起打罵這隻猴子而遭到少爺降罪的武士。加上猴子的行為舉止實在不尋常。我想了想，最後決定朝牠拉我的方向走了五、六間㉖距離。

我在走廊上轉了一個彎，有著淡白色池水的寬闊池塘，隔著枝椏形狀優美的松樹，映入了我的眼簾。此時，附近廂房裡有人爭吵的聲響，突如其來地悄悄傳入了我的耳裡。在這片萬籟俱寂、月光與夜霧都無法穿透的寧靜中，除了魚兒跳躍的聲音之外聽不見一絲人聲。這時卻響起了物品撞擊的聲音。我不禁停下腳步思忖著「如果有不肖之徒闖了進來，一定要給他點顏色瞧瞧」，於是我屏住氣息，悄悄將身子靠在拉門外。

十三

猴子良秀大概是覺得我手腳太慢。牠不耐煩地在我腳邊繞了兩、三圈，一邊發出宛如咽喉被掐住般的啼叫，冷不防地一腳躍上我的肩膀。我脖子不禁向後仰，以免被牠的爪子抓傷；猴子又咬住我身上的水干袖子，免得從我身上滑落下去——我被牠這麼一抓便失去平衡，踉踉蹌蹌走了兩、三步，身體向後倒，狠狠地撞在拉門上。這麼一來，就片刻也不得再猶豫了。我猛然打開拉門，正準備跳入月光也照不進去的廂房深處。然而，此時有東西擋住了我的眼睛——不，我被同時從廂房裡如彈跳般飛奔而出的女子嚇了一大跳。女子直接朝外頭跌了出來，差點迎頭撞上我，

㉖一間約一・八一八公尺。

但不知為何她卻跪坐在地，一邊上氣不接下氣地喘息，一邊戰戰兢兢地抬起頭來看我，彷彿看見某種可怕東西似的。

不消我多說，那女子正是良秀的女兒。但是，那天晚上的她在我眼中簡直判若兩人。她圓睜的杏眼閃閃發光，臉頰也赭紅如火。凌亂的長褲和外褂，為她增添了幾絲冶豔的氣質，一反平時稚嫩的模樣。我不禁懷疑眼前這個人真的是那個嬌弱且凡事謹慎節制的良秀女兒嗎？——我身體靠在拉門上，凝望著女子月光下嬌美的身影，一邊伸出手指指向另一個人慌張遠去的腳步聲，靜靜地以眼神詢問他是誰。

女兒咬著嘴唇，不發一語地搖頭。她的模樣看來就像是受盡了委屈。

於是我彎下身子，嘴巴靠近女兒耳邊，低聲詢問她：「那人是誰？」但女兒依舊搖著頭，不發一語。不僅如此，同時只見她眼淚堆積在纖長睫毛的尖端，比先前更加用力地咬住嘴唇。

可惜天生愚昧的我，除了再明白不過的事實外，其他事情我一概無法了解。因此，我也不知道該怎麼安慰她，有好一陣子我只能呆站原地，傾耳靜聽女兒胸中的悸動。另外一個原因是，我不知為何心生愧疚，總覺得繼續追問，對她過意不去。

不知道持續了多久，最後我才關上敞開的拉門，回頭望向臉上潮紅已稍微消退的女兒，盡量語氣輕柔地告訴她：「妳回寢室休息吧！」而我自己彷彿看了什麼不該看的東西，懷著不安的心情，一邊毫無由來地感到羞恥，一邊悄悄走回來時的方向。然而還走不到十步，又有某個人從後方戰戰兢兢地拉住我的褲腳阻止我。我吃驚地回頭一看。各位覺得那是什麼呢？

仔細一瞧，猴子良秀在我腳邊，像人一樣雙手併攏在身前，恭恭敬敬地對我磕了好幾個頭，晃得牠頭上的金鈴叮噹作響。

十四

當晚發生那件事情之後，過了半個月。某天良秀突然來到王爺府，請求見上王爺一面。雖然他身分低賤，但或許是王爺平常就特別中意他。不是誰都能輕易見上一面的王爺，那天爽快地答應了他的要求，立刻召他到跟前。良秀照例穿著土黃色狩衣，頭戴扁塌的反摺烏紗帽，臉上帶著比平常更加嚴肅不悅的表情，畢恭畢敬地叩首跪在王爺面前。經過良久，他才以嘶啞的聲音說道：

「王爺您百般囑咐的地獄變屏風，我焚膏繼晷精心繪製，總算有了收穫，屏風等於是已經完成雛型了。」

「那可好！我很滿意。」

不知為何，王爺的嗓音卻莫名地顯得頹然無力。

「不，那可不好！」良秀的態度顯得有些光火，他依舊俯首叩拜在地，邊說：「雛型雖已完成，但有一個我畫不出來的地方！」

「你有畫不出來的地方？」

「沒錯。一般來說，沒看過的東西，我是畫不出來的。即便畫得出來，我也無法認同。那不就等於畫不出來嗎？」

聽到這句話，王爺臉上露出嘲諷般的微笑。

「難不成你得看過地獄，才畫得出地獄變屏風？」

「沒錯。前幾年發生大火時，我已親眼看過宛如焦熱地獄烈火的火勢。我之所以能畫出《烈焰不動圖[27]》的火焰，其實就是因為碰上了那場火災。王爺您可知道那幅畫？」

「但是罪人可怎麼辦？你也不曾看過地獄獄卒吧？」王爺對良秀所說的話置若罔聞，再次向他提出質問。

「我看過被鐵鏈綑綁的人。有人遭到怪鳥攻擊而苦惱逃竄的情況，我也一五一十地畫了下來。我可以說我很清楚罪人遭受折磨的模樣。而獄卒——」良秀說完這句話之後，露出陰森的苦笑，又接著說：「而獄卒出現在我的夢裡很多次。或是牛頭馬面，或是三頭六臂的惡鬼，他們無聲地拍手、張口，幾乎每日每夜都到我的夢裡來折磨我。——我畫不出來的，不是那些東西。」

聽到這些，王爺也不免大吃一驚。他煩躁不悅地瞪著良秀的臉許久，最後終於神情嚴肅地挑動眉頭，如放棄般說道：

「那你說，你畫不出來的東西是什麼？」

[27] 指背後有熊熊大火燃燒的不動明王像。

十五

「我想在屏風正中央畫一輛從天空墜落火海的檳榔毛牛車㉘。」良秀說完這句話後，始以銳利的目光觀察王爺的表情。雖然我早就聽說，他只要一提到繪畫就像瘋了一樣，但他當時的眼神，的確帶著一股令人畏懼的瘋狂。

「牛車中坐著一名雍容華貴的宮女，她在熊熊大火中痛苦掙扎，凌亂地甩著黑髮。她被濃煙嗆得無法呼吸，蹙著眉頭仰望牛車頂蓋。她的手扯開了簾子，或許是為了遮擋從空中散落的火花之雨。周圍有數十隻怪異的猛禽繞著牛車打轉飛舞，口中還發出淒厲的鳴叫。——啊啊，就是那牛車裡的宮女，我怎麼也畫不出來！」

「所以——你作何打算？」

王爺的神色不知為何顯得莫名地愉悅，他催促良秀繼續說下去。但良秀鮮紅的雙脣卻如發高燒般不斷顫抖，他以似夢非夢的口氣又重複說了一次：

「我畫不出來。」突然間，彷彿作勢要撲咬上來似地大喊：

「請賜我一輛檳榔毛牛車，在我面前點火燒了它。然後，如果可以的話——」

王爺臉色一沉，但突然又開口大笑。接著他停下了笑聲，對眾人說：

「好，萬事都依他說的辦！辦得成或辦不成，多說無益！」

我一聽見王爺那句話，不祥的預感油然而生，突然畏懼了起來。實際上王爺的模樣確實相當駭人，他嘴角堆滿了白沫，眉頭如劃破天際的閃電不停抖動，簡直就像是沾染了良秀的瘋狂。王爺暫時停頓了一下，立刻又如爆炸般不斷從喉嚨發出大笑。他邊笑邊說：

「就如你所願，放火燒了檳榔毛牛車吧！我再派一名雍容華貴的女子，穿上宮女的服裝坐上牛車。牛車中的女人在烈焰和黑煙的攻擊下掙扎至死——真不愧是天下第一畫師，竟會想到要畫這種場面！值得讚賞！喔喔，真是值得讚賞啊！」

聽到王爺的話，良秀臉色突然變得蒼白，嘴脣一喘一喘地上下蠕動。過了半晌，他終於放鬆全身肌肉，雙手交疊在榻榻米上，以低沉到幾乎聽不見的音量，畢恭畢敬地向王爺道謝：

㉘將蒲葵葉曬成白色後，撕成細絲，覆蓋在牛車頂蓋上。

「多謝王爺之恩！」

他會如此激動，大概是因為王爺的一句話，讓他心中構思的驚駭景象活靈活現地浮現眼前之故。我這輩子唯有此時此刻，由衷覺得良秀真是個可憐的人。

十六

過了兩、三天的夜裡，王爺依約召良秀前來，讓他得以近距離觀看檳榔毛牛車燃燒的光景。但燃燒牛車的地點並非堀川王爺大宅。而是俗稱的雪解御所，亦即從前王爺妹妹位於京都郊外的山莊。

這棟雪解御所已多年無人居住，寬闊的庭園埋沒在荒煙蔓草之間，想必是看上御所杳無人煙才選擇了此處吧。關於長眠於此的王爺妹妹也有不少傳聞，據說每到沒有月亮的夜晚，便會看到她身穿緋紅色長褲在走廊上飄浮前行的詭異身影。——這也難怪。連大白天都人跡罕至的雪解御所，一旦日暮低垂，就連水聲聽起來也格外響亮；即便是振翅飛向星空的夜鷺，身影也陰森得讓人以為是怪物。

當晚正好是無月的漆黑夜晚，透過大殿的油燈火光一看，位置鄰近迴廊的王爺，身上穿著淺黃色直衣與刺上浮繡的深紫色長褲，居高臨下地盤腿坐在邊緣縫上白錦的圓形坐墊上。王爺前後左右共有五、六名侍衛恭恭敬敬地隨侍在側，這些人不需要我多加著墨。但只見其中一名侍衛目光如炯、氣勢凌人，相傳他前些年在陸奧之戰中，因為飢餓吃了人肉後變得力大無窮，連鹿角都能活生生扯下來；他肚子上圍著鎧甲，腰際佩帶著長刀，威風凜凜地蹲踞在迴廊之下。——燈光被夜風吹動，四周忽明忽暗，眼前的一切令人分不清究竟是夢境還是現實，不知為何看起來分外懾人。

而放置在庭院裡的檳榔毛牛車，高聳沉重的頂蓋更加深了黑暗。漆黑的車轅斜擱在踏臺上，前方並未綁上牛；金屬配飾如天上繁星若隱若現地閃爍著光芒。雖已入春，卻是春寒料峭。車子內部，邊緣縫上浮線綾㉙的青色簾子密不通風地蓋住了車

㉙浮繡上傳統花紋的綾羅綢緞。

窗，因此無法判別車廂裡有什麼。奴僕們手上拿著燒得正旺的火炬，一邊小心避免讓濃煙飄向迴廊的方向，一邊煞有其事地守在牛車旁。

良秀則跪在稍遠處，正好在迴廊正對面，他穿著平時那件土黃色狩衣，頭上戴著扁塌的反摺烏紗帽，彷彿被星空的重量給壓扁了似的，看起來比平常更加瘦小寒酸。還有一個人以相同的打扮蹲在他身後，大概是他帶來的徒弟吧。由於他們兩人正好蹲在遠方的陰暗處，因此從我們所在的迴廊下方望去，連狩衣的顏色都難以確定。

十七

時刻應該已經接近午夜。夜色深沉，不禁讓人以為覆蓋庭園的黑暗正在屏息窺視著我們，依稀只能聽見夜風吹拂而過的聲音，每次風吹時便送來一陣火炬濃煙的煤臭。王爺沉默不語，端詳著眼前這副不可思議的景色，過了半晌，他終於傾身向前，嚴厲地高聲一喊：

「良秀！」

良秀似乎回了什麼，但我耳裡只聽見呢喃呻吟般的聲音。

「良秀。今晚就如你所願，放火燒牛車給你瞧瞧！」

王爺說完後，目光隨即掃向身旁的侍衛。此時，王爺與幾名侍衛似乎交換了一個意味深長的微笑，但或許只是我的錯覺。良秀戰戰兢兢地抬起頭來仰望迴廊上方，但仍舊不發一語。

「你好好看個仔細！這是我平日乘坐的牛車。你應該有印象吧？——我接下來要放火燒了這輛車，讓你親眼見識一下焦熱地獄的樣貌！」

王爺又停了下來，以眼神指示那群侍衛。接著，突然以痛苦的口吻說道：

「有一名犯了罪的宮女被五花大綁在牛車之內。一旦朝牛車點火，那女子必定會燒得骨肉焦爛，痛苦萬分而死。你想完成屏風，沒有比這更適合的範本了。你可得仔細看，千萬別錯過她雪白肌膚被燒得皮開肉綻，還有一頭烏黑秀髮化為火星隨風飛揚的場面！」

王爺第三次閉口不語，但似乎想到了什麼，這次他邊晃動肩膀無聲大笑，邊說：

「這可是百年難得一見的場面啊！我也坐在這裡好好欣賞吧！你們快點掀開簾子，讓良秀看看車裡的女人！」

聽聞王爺的命令後，一名奴僕單手高舉火炬快步奔向牛車，並迅速伸出另外一隻手掀開簾子。發出巨大聲響熊熊燃燒的火炬紅色火光隨風搖曳，忽然間清楚地照亮了狹窄的車廂內部。只見一個被鎖鏈五花大綁的宮女，模樣悽慘地躺在牛車地板上——啊啊，是我眼花了嗎？她身上的唐衣刺了精巧奪目的櫻花刺繡，一頭亮麗的黑髮垂落其上，斜插在頭髮上的黃金釵子也散發出美麗光澤。雖然服裝不同，但嬌小的體型、雪白的頸項，以及沉靜靦腆到甚至顯得落寞的側臉，無疑正是良秀的女兒！我差點叫出聲來。

就在此時，我對面的武士連忙站起身來，一手按在刀柄上，目光銳利地盯著良秀。我驚訝地轉頭一看，只見良秀因為眼前的光景已瀕臨瘋狂。原本蹲在地上的他突然跳了起來，雙手伸向前方，失魂落魄地跑向牛車的方向。只可惜我先前說過他位於遠處的陰影中，因此他的表情不得而知。但就在那一瞬間，臉上失去血色的良秀表情，不，簡直因為某種無形力量而騰空飛起的良秀身影，忽然穿過了陰影清楚浮現在我眼前。此時，就在王爺「點火！」的一聲令下，載著女兒的檳榔毛牛車，隨著奴僕丟下的火炬燃起了漫天大火。

十八

大火逐漸包圍牛車頂蓋。頂蓋上的紫色流蘇被熱風吹起，深夜中也清楚可見頂蓋下冒出一道道濃濃的白煙，簾子、車門兩翼、頂蓋橫梁上的金屬配飾燒得零落四散，火星如雨點般飛騰——景象怵目驚心。更駭人的是，吐著火舌沿著兩翼格窗扶搖直上爬升至半空中的猛烈大火，宛如太陽墜地迸發了天火。先前差點叫出聲的我被嚇得魂飛魄散，只能瞠目結舌地望著眼前這片恐怖的光景。然而身為父親的良秀——

我至今仍舊無法忘記良秀當時臉上的表情。原本失魂落魄地衝向牛車的他，在大火延燒的同時停下了腳步。他雙手依舊伸向前方，彷彿被包圍牛車的濃煙吸引住了似的，神情入迷地雙眼注視著牛車；火光照亮了他的全身，他那張滿是皺紋的醜陋臉龐，連鬍楂都看得一清二楚。但無論是睜大的雙眼、扭曲的嘴唇，還是痙攣抽動的臉頰，良秀臉上的表情清清楚楚地描繪出他心中往來交錯的恐懼、悲傷及訝異。就算是即將被斬首的盜賊，甚至犯下十惡不赦之罪而被帶到十殿閻羅面前的罪人，也不會露出如此痛苦的神色。就連那名驍勇善戰的武士也不由得臉色大變，戰戰兢兢地望著王爺的臉。

然而，王爺緊緊地咬著嘴唇，不時露出陰森的笑容，眼睛連眨都不眨一下，緊盯著牛車的方向看。牛車中——我實在沒有勇氣詳細敘述我當時在牛車中看到的女兒是何種慘狀。被濃煙嗆得後仰的蒼白臉孔、被火焰吹亂的長髮，以及轉眼間也幻化成火的華美櫻花唐衣——多麼慘無人道的景色啊！特別是一道夜風吹散了濃煙時，彷彿撒上金粉的火紅烈焰中，浮現她口中咬著髮絲、痛苦掙扎到幾乎快扯斷身上鎖鏈的模樣，令人不禁懷疑地獄的苦難活生生出現在眼前。不僅我，即便那個驍勇善戰的武士都嚇得寒毛直豎。

又一道夜風吹過庭園裡的樹梢——眾人或許都以為是風聲吧？那道聲響在黑暗中四處穿梭，忽然間某個黑色物體如球般騰空躍起，從御所屋頂倏地縱身躍入猛烈燃燒的牛車中。那物體在塗上朱漆的兩翼格窗碎裂聲中，抱著身子扭曲後仰的女兒肩膀，朝著長長的濃煙外發出如撕裂布帛般痛苦尖銳的嘶吼。接著又發出第二、第三聲——我們也不禁異口同聲地放聲大喊。不顧如火牆般四面包圍的大火，緊緊抱住女兒肩膀的物體，正是應該被綁在堀川府上那隻暱稱為良秀的猴子。沒有人知道猴子是用什麼方法偷偷跟到雪解御所來的。或許因為車內是平常疼愛自己的女兒，猴子才不惜跳入大火之中共赴黃泉吧。

十九

猴子的身影稍縱即逝。金色點點斑駁的火星頓時飛散空中，而猴子和女兒的身影隱沒在黑煙之下；庭園裡只剩一輛著火的牛車發出驚人聲響猛烈地燃燒著。不，與其說是著火的牛車，或許說是火柱更符合火焰衝向星空的駭人景象。

站在火柱前僵直不動的良秀——多麼不可思議啊！直到方才為止還為地獄折磨罪人的景象煩惱不已的良秀，現在滿是皺紋的臉上卻浮現了難以言喻且恍惚陶醉的光彩。他似乎忘了王爺還在面前，雙手環抱著胸口，出神地佇立著。那男人眼中看見的，似乎不是女兒掙扎死亡的模樣。他眼中所見的情景是——火焰美麗的顏色與大火中痛苦掙扎的女子，讓他內心感受到無盡的喜悅。

不可思議的是，良秀欣喜若狂地看著獨生女臨死前的痛苦慘叫。不僅如此，當時良秀散發出一股不像人類、倒像夢中獅王發怒的奇異威嚴。或許是錯覺，就連遭到突如其來的大火驚擾而驚聲啼叫、盤旋飛舞的無數夜鳥，似乎也不敢接近良秀頂上的反摺烏紗帽。恐怕在鳥兒無心的眼裡看來，那男人頭頂有著如聖光般不可思議的威嚴吧！

連鳥兒都是如此，更何況我們這些人。上自侍衛下至奴僕全都屏息佇立，身體不停顫抖，內心充滿異樣的隨喜。簡直就像看見佛像開眼一樣，所有人都凝視著良秀無法移開目光。發出巨響遮蔽天空的牛車大火，以及被這副景象奪走魂魄般呆然僵立的良秀——此情此景多麼莊嚴，多麼令人歡喜啊！然而，唯有端坐在迴廊上的王爺表情判若兩人，他臉色鐵青、嘴角含著白沫，雙手使勁抓住穿著紫色長褲的膝蓋，正如口渴的野獸般不斷粗聲喘息。……

二十

王爺當天夜裡在雪解御所放火燒了牛車一事，不知道是誰洩漏口風傳了出去，因此受到相當多的批判。首先正是王爺為何燒死良秀的女兒？——最多的說法便是王爺求愛得不到回應，因此才會由愛生恨。但王爺的用意，其實是想要給為了描繪屏風不惜燒車殺人的畫師乖張扭曲的性情一個懲罰。這是我聽王爺親口說的。

除此之外，良秀親眼看到女兒被活活燒死卻仍想著要畫屏風的鐵石心腸，也遭到眾人非議。其中更有人咒罵他是為了畫作罔顧親情、人面獸心的惡棍。橫川的僧都大人便是其中之一，他經常說：

「即使技藝能力再怎麼優秀過人，身為一個人，若無法明辨人倫五常，就該下地獄！」

過了一個月，良秀終於完成了地獄變屏風，他立刻將成品送到王爺府，恭請王爺欣賞。正好當時僧都大人也在場，僧都大人一看屏風，果然也被席捲天地的駭人怒火給嚇了一大跳。僧都大人原先表情苦澀地直瞪著良秀，但看完畫後，他不禁拍打膝蓋大聲叫好：「畫得好啊！」直到現在，我還忘不了王爺聽到這句話後露出苦笑的模樣。

在那之後，至少在王爺府裡，再也沒有人對良秀惡言相向了。所有看過屏風的人，無論平常多麼厭惡良秀，也都不可思議地被畫作莊嚴肅穆的氣氛所震懾，彷彿親身感受到焦熱地獄的大苦難。

然而此時良秀早已撒手人寰。屏風完成的隔夜，他便在自己房裡懸梁自縊身亡。恐怕是因為失去獨生女的他，無法再忍受自己苟延殘喘了吧！他的屍體至今仍埋在房子的舊址上。小小的墓碑，經過數十年的風吹雨淋，想必早已長滿了苔蘚，沒有人知道是誰的墳墓了。

竹林中

やぶのなか

人性自私的糾纏交錯

大正十年十二月

發表於雜誌《新潮》

「請你殺了那個人！」

一次也好，令人如此憎恨的話語，可曾從一個人的口中講出來過？一次也好，如此詛咒的話語，可曾進到一個人的耳朵過？

「あの人を殺して下さい。」

一度でもこのくらい憎むべき言葉が、人間の口を出たことがあろうか？　一度でもこのくらい呪わしい言葉が、人間の耳に触れたことがあろうか？

檢非違使盤問樵夫所獲得的證詞

是的。發現那具屍體的就是我沒錯。今天早晨，我一如往常來到後山砍伐杉樹。結果便發現那具屍體躺在山腳暗處的竹林裡。發現他的地方嗎？那裡跟山科的驛路隔著四五町的距離。那片竹林中夾雜著細瘦的杉樹，是個人跡罕至的地方。

屍體身穿淡藍色的水干，頭上戴著京都式的烏紗摺帽，仰躺在地。雖然他身上只中了一刀，但刀子正好刺在胸口上，因此屍體周遭的竹子落葉就像浸了蘇芳[30]染料般一片通紅。不，我發現時已不見出血。傷口似乎早已凝固。好像只有一隻馬蠅緊緊黏附在傷口上，牠似乎連我的腳步聲都沒聽見。

我是否有看到長刀或其他武器？沒有，什麼也沒有。只有一根繩子掉落在旁邊的杉樹根上。還有——對了、對了，除了繩子之外，還有一把梳子。屍體周遭只有這兩項東西。但草和竹子落葉都被踩得亂七八糟，因此那男人遭人殺害之前，一定曾拚命地搏鬥過。什麼，有沒有馬？那是馬進不去的地方。馬能走的路跟那裡隔著一片竹林。

檢非違使盤問雲遊法師所獲得的證詞

我昨天的確遇過那名喪命的男子。約莫是昨天的——應該是午時左右吧。地點是從關山往山科的路上。那男人跟一名騎馬的女子同行，朝關山的方向走了過來。女人市女笠上的頭紗垂了下來，我不清楚她的長相。我只看見她衣服的顏色，外層是紫的，內裡是藍的。馬的毛色是金黃色——我記得好像是匹剃光了鬃毛的馬。馬身高度嗎？大約四尺四寸[31]吧？——我畢竟是個佛門之人，不太清楚那些事情。男人——不，他不止佩帶著長刀，還帶了弓箭。尤其是塗上黑漆的箭筒裡插了二十多枝箭，那模樣我到現在還記得一清二楚。

我做夢也想不到那男人會變成這模樣，然而生命無常，猶如朝露亦如閃電。唉，我都不知道該說什麼好了，真是可憐啊。

㉚又稱蘇木、蘇方木、蘇枋木等，可提取紅色染料。蘇芳色為略暗的紅色。

㉛原文為「四寸」。戰國時代馬身高度基準為四尺（約一百二十一公分），高一寸（三公分）則稱為「一寸」。四尺四寸約一百三十三公分。

檢非違使盤問放免所獲得的證詞

我逮到的那名男子嗎？我記得他名叫多襄丸，是個惡名昭彰的強盜。不過我逮到他時，他從馬上摔了下來。在粟田口的石橋上痛苦呻吟著。時刻嗎？是昨夜初更左右。有次我差點抓到他，當時他身上也穿著這件藏青色水干，腰間佩帶著金屬板打成的長刀。不過現在除了長刀之外，如您所見，他還帶了弓箭。這樣啊？原來遭到殺害的男人帶的也是這些——那麼殺人的，無庸置疑就是這個多襄丸了。纏上皮革的弓、塗上黑漆的箭筒、箭尾裝有鷹羽的箭十七枝——這些都是那個男人的東西吧？是的。馬也如您所說的，正是剃光鬃毛、金黃毛色的馬。他被那匹牲畜甩下來，必定是某種報應。那匹馬當時正在離石橋再過去一點的地方，拖著長長的韁繩、吃著路旁的青芒。

這個叫做多襄丸的傢伙，在橫行京都的盜賊之中，是出了名的好色之徒。去年秋天，鳥部寺供奉賓頭盧[32]像的院所後方山裡，有一名前來參拜的婦人和童女遭人殺害，據說就是這傢伙幹的好事。若這傢伙殺了那名男子，那麼騎在金黃馬上的女人一定也不知道被他帶去什麼地方給怎麼了。或許是我多嘴，但請您也調查一下女人的下落吧。

檢非違使盤問老嫗所獲得的證詞

對，那屍體就是小女所嫁的男人。但他不是京都人。是來自若狹國府的武士。名叫金澤武弘，二十六歲。不，他性情溫和，應該不至於招人怨恨。

小女嗎？小女名叫真砂，年方十九。她是個性子剛強、不讓鬚眉的女子，除了武弘之外，她從未有過其他男人。她的肌膚顏色稍黑，左眼角有顆痣，臉蛋則是小小的瓜子臉。

武弘昨天和小女一同動身前往若狹，沒想到竟然變成這樣，怎麼會如此不幸呢？

㉜釋迦的弟子，十六羅漢之一。

女婿既然已經遇害，我也只好放棄，但小女下落不明，我實在擔心得無以適從。這是我這老太婆一輩子唯一的請求，即使得用盡一切辦法，也請大人您找到小女的下落。那個叫什麼多襄丸的強盜，真是可恨至極。他不但殺了我女婿，連小女也……

（泣不成聲）

多襄丸的口供

是我殺死了那個男人。但我沒殺女人。那麼她哪去了？我也不知道。且慢。不管你們再怎麼拷問我，不知道的事情我也沒辦法告訴你。再說，既然我都變成這副德性了，我也不打算再像個膽小鬼似地隱瞞什麼。

昨天正午過後不久，我遇上了那對夫婦。由於當時正好起風吹開了女人垂下的頭紗，我才能瞥見她的臉。驚鴻一瞥——下個瞬間又看不見了。我下手的原因之一可能也是為了她吧？在我眼裡，她的長相看起來就像女菩薩。我在那片刻之間便下定決心，即使殺了男的，也要搶走女人。

殺死一個男人，並不如你們想的那麼嚴重。反正要搶走女人，男人就一定得死。只不過我殺人時，用的是腰際的長刀；而你們殺人不用刀，光憑權力和金錢就能殺人，甚至還靠假仁假義、舌粲蓮花就夠了。受害的人不會流血，人也活得好好的——但即使如此，你們依然殺了對方。想想兩者罪孽的深重，真不知道究竟是你們壞還是我壞呢？（挖苦嘲諷的微笑）

但是，若能不殺男人就搶走女人，倒也沒什麼不好。不，我當時的想法是盡量不殺男人就把女人搶到手。但是，那種事情在山科的驛路上是辦不到的。因此我才設法將那對夫婦引進山裡。

這一點也不麻煩。我先跟那對夫婦結伴同行，然後告訴他們對面山裡有座古墳，我從古墳裡挖出許多鏡子和長刀，我將那些東西偷偷埋在暗處的竹林裡，如果有人想買，隨便什麼都便宜賣給他。男人聽著聽著，逐漸對我說的話動起了心。——如何？所謂的欲望真的很可怕吧？不到半個時辰，那對夫婦就領著馬跟我一起走向了山路。

來到竹林前，我告訴他們寶物埋在林子裡，來看吧！男人利欲薰心，當然不可能有異議。但是，女人卻不下馬，說要在原處等待。看到竹林那麼茂密，也難怪她會那麼說。老實說，她的決定正合我意，因此我便留下女人，跟男人一起走進竹林。

我們走了一會兒，竹林裡都是竹子。但走了半町左右，便出現一叢稀疏的杉林——沒有比這個地方更適合我完成工作的了。我邊撥開竹林，邊說著聽起來似乎頗有道理的謊，告訴他寶物就埋在杉樹下。男人聽我這麼一說，就拚命朝林間隱約可見細瘦杉樹的方向前進。走著走著，竹子越來越稀疏，只剩好幾棵杉樹——一到這地方，我便出其不意地將對方制伏在地。男人不愧是佩著長刀的武士，相當有力氣，但我攻其不備，他終究還是招架不住。轉眼就被我綁到一棵杉樹下。繩子嗎？多虧我是盜賊，不知道什麼時候得翻牆，所以早就在腰間繫上了繩子。當然，為了不讓他出聲，我還在他嘴裡塞滿竹子落葉，除此之外就沒有什麼麻煩了。

我收拾好男人之後，便回到女人那裡，告訴她男人似乎突然生病了，要她來看看。不用說，她當然正中我的下懷。女人脫下了市女笠，被我拉著手走進竹林深處。然而一到那裡便發現男人被綁在杉樹下——女人一看見眼前光景，不知不覺便從懷裡拔出了亮晃晃的短刀。我到現在還沒看過個性像她那麼剛烈的女人。如果我當時一個不注意，恐怕已經被她一刀戳進脾肚裡了。不，即使躲過那刀，在她一股勁的瘋狂揮刀之下也有可能受傷。

但我畢竟是多襄丸，最後連長刀也沒拔，便打落了她的短刀。性格再怎麼剛強的女人，沒了武器也就無計可施。我終於如願以償，不取男人性命就成功把女人弄到了手。

不取男人性命——沒錯。我原本就不打算殺害男人。但我正想留下趴在地上哭泣的女人，朝竹林外逃走時，女人突然發狂似地抓住我的手不放。不僅如此，我還聽見她斷斷續續地哭喊著：「拜託你或我丈夫其中一個去死吧！在兩個男人面前丟臉受辱，比死還痛苦！不，誰都好，活下來的人，我就跟他！」——她上氣不接下氣地說道。那時我猛然出現了想殺那個男人的念頭。（陰鬱的興奮）

我說這些話，在你們眼裡，一定認為我比你們殘酷吧？但那是因為你們沒看過那女人的表情。尤其是那一瞬間，如火焰燃燒般的雙眼。我和她日光交會時心想，即使天打雷劈，也要娶她為妻。我想娶她為妻——我只有這樣一個念頭。這不是你們所想的下流色欲。如果當時除了色欲之外，我沒有其他願望的話，我一定會一腳踹開女人揚長而去吧！那麼一來，我的長刀也就用不著沾上男人的血了。然而，當我在這片陰暗的竹林中，注視女人臉龐的那一剎那，我便下定決心，不殺男人就不離開此處。

但是就算要殺男人，我也不希望用卑鄙的方法解決他。我不但解開了男人身上的繩子，還要求他拿起長刀跟我交手。（掉落在杉樹下的繩子，就是那時忘了丟掉的。）男人一臉蒼白地拔出了長刀。一句話也不說，便怒氣沖沖地朝我衝了過來。——雙方交戰的結果如何，就不用我多說了。我的長刀在第二十三回合，刺穿了對方的胸膛。第二十三回合——請不要忘記這點。即使是現在，我還對他佩服不已。因為能跟我交手二十回合的人，全天下就只有他而已。（快活的微笑）

男人倒地的同時，我就提著染血的長刀，回頭看往女人的方向。結果——怎麼著？四處都不見女人的蹤影。

我在杉樹之間尋找蹤跡，想知道女人逃哪去了。但竹子落葉上連一點痕跡也沒有。我又豎耳傾聽，卻只聽見男子喉嚨發出的慘叫。

看樣子，或許在我開始拿刀應戰時，那女人就為了呼救，鑽出竹林逃之夭夭了。——我一想到這點，擔心下一個喪命的就是自己，便奪走男人的長刀和弓箭，立刻回到原來的山路上。女人的馬還在原地靜靜地吃草。之後的事情再說也只是白費唇舌。只不過，在進入京都之前，我就已經處理掉長刀了。——我的口供到此為止。反正我早知道自己的腦袋總有一天會掛上樗樹[33]樹梢上，所以請將我處以極刑吧。（態度昂然）

來到清水寺的女人之懺悔

——穿著藏青色水干的男人玷汙我之後，便望著被五花大綁的丈夫，露出嘲諷

[33] 即苦楝樹。古代日本以樗樹搭建斬首示眾用的木架，因此「掛上樗樹」即代表被處刑斬首的意思。

般的笑容。不知道我丈夫該有多麼悔恨啊？但不管他怎麼掙扎，牢牢綑住他全身的繩子卻是越勒越緊。我不禁連滾帶爬地跑到丈夫身旁。不，是正準備要跑過去。但一轉眼，男人便將我踹倒在地。正好就在此時。我察覺丈夫眼中閃爍著一道難以言喻的光芒。不知道該怎麼形容——即使現在，我一想起他的眼神，便忍不住渾身顫抖。一句話也說不出來的丈夫，在那剎那，眼睛傳達出他所有的想法。非但如此，閃爍在他眼裡的既非憤怒也非哀愁——而是一道極盡輕蔑的冷漠光芒。比起被男人踹的那一腳，我反倒像是被輕蔑的眼光揍了一拳，不禁茫然地放聲大喊後，昏厥了過去。

後來我終於清醒過來，仔細一看，穿藏青色水干的男人已經不知去向。只剩我丈夫被綑綁在杉樹下。我好不容易才從竹子落葉上撐起身子，看了看丈夫的表情。但丈夫的眼神仍舊跟剛才一樣。在冰冷的輕蔑之下，露出了憎恨的神色。羞恥、悲哀、憤怒——我不知道怎麼描述我當時心中的感受。我踉踉蹌蹌地站了起來，走近丈夫身旁。

「事情演變至此，我再也不能跟你在一起了。我決定一死了之。但是——但是，請你也死吧！你看見了我遭受羞辱的模樣。因此我不能就這樣留下你一個人。」

我拚命說完這幾句話。然而丈夫卻只是一臉厭惡地注視著我。我壓抑著幾乎快要撕裂的胸口，尋找丈夫的長刀。但大概是被那個強盜搶走了，竹林裡不但找不到長刀，連弓箭也遍尋不著。幸好短刀還掉在我腳邊。我舉起短刀，再次對丈夫這麼說：「那麼，我先送你走。我也會立刻隨你而去的。」

丈夫聽到我這句話，終於動了動嘴唇。由於他嘴裡塞滿了竹子落葉，當然一點也聽不見他的聲音。但是我一看，便立刻察覺他想說什麼。丈夫依然對我露出輕蔑與不屑，他只說了一句「殺吧！」我幾乎就在半夢半醒之間，拿短刀刺進了丈夫穿著淡藍色水干的胸膛。

這時我大概又昏厥了吧。好不容易醒來環顧四周，才發現丈夫仍被綑綁在樹上，人已經斷了氣。夕陽從天空射下一道光，穿過交雜著竹子的杉樹叢，灑落在他蒼白的臉上。我強忍著哭聲，解開屍體上的繩子。然後——接下來我怎麼了呢？關於那點，我已經無力再說下去了。總而言之，我沒有能力讓自己一死了之。我以短刀刺入喉嚨、投身躍入山腳下的水池，我用過各種方法尋死，卻怎麼也死不了，還苟延殘喘在世上，這實在不怎麼足以自豪。（落寞的微笑）像我這樣沒出息的人，或許連大慈大悲的觀音菩薩都想棄之不顧吧。但是，殺了丈夫的我、遭強盜蹂躪的我，究竟該怎麼辦才好呢？我到底——我——（突然激動地哭了起來）

鬼魂借巫女之口所說的話

——強盜玷汙了我的妻子後，就當場坐了下來，開始花言巧語地安慰她。我當然一句話也說不出來。身體也被綁在杉樹下。但那期間，我多次向妻子使眼色。我想告訴她——別把這男人的話當真，不管他說什麼都是一派胡言。然而妻子卻頹然沮喪地坐在竹子落葉上，凝視著自己的膝蓋。那模樣看起來不就像是在專心聽強盜的話嗎？我因為嫉妒而忍不住掙扎。但是，強盜天花亂墜地說著，最後竟然大膽地說出了這樣的話：「反正妳已經被了玷汙了身子，很難跟丈夫重修舊好了。與其留在那樣的丈夫身邊，妳想過要嫁我為妻嗎？正因為我憐愛妳，才會闖下這樣的滔天大禍啊！」

聽強盜這麼一說，妻子居然心神蕩漾地抬起臉來。我從未看過比那時更美麗的妻子。但是你可知那個美麗的妻子，當著被五花大綁的我面前，是怎麼回答強盜的嗎？即使我現在仍在中有[34]徘徊，但每當想起妻子的回應，我便忍不住怒火中燒。妻子確實是這麼說的：「那麼，請帶我遠走高飛吧！」（漫長的沉默）

妻子的罪過還不僅如此。若是僅止如此，我也不至於在黑暗之中這麼痛苦了。但是妻子恍恍惚惚彷彿做夢似的，正要被強盜牽著手往竹林外走的當下，她的臉色突然一片慘白，指著杉樹下的我。「請你殺了那個人！只要他活著，我就不能跟你在一起！」——妻子像發瘋似地又叫又喊。「請你殺了那個人！」——這句話宛如一陣風暴，直到現在我回想起來，仍像要被那陣風頭下腳上地吹落到遙遠黑暗的深淵。一次也好，令人如此憎恨的話語，可曾從一個人的口中講出來過？一次也好，如此詛咒的話語，可曾進到一個人的耳朵過？一次也好——（突然爆出一陣冷笑）

[34] 又稱中陰或中蘊。指人死後到輪迴轉生之前四十九日的期間。

聽了她的話，就連強盜的臉色也變得鐵青。「請你殺了那個人！」——妻子邊叫喊，邊死命抓住強盜的胳膊。強盜凝視著我的妻子，不回答她殺或不殺。——就在此時，他一腳將妻子踹倒在竹子落葉上。（再次爆出一陣冷笑）強盜靜靜地環抱雙手，轉頭看了看我。「你打算怎麼處置那女人？殺了她？還是饒她一命？你點頭回答就好。殺了她嗎？」——我光是聽到這句話，就想赦免強盜的罪過了。（再度陷入漫長的沉默）

就在我猶豫不決的期間，妻子大喊了一聲，立刻奔向竹林深處。強盜立刻撲了過去，但似乎連袖子也沒抓到。我彷彿看著幻覺般，恍惚地望著那副情景。

妻子逃之夭夭後，強盜拿走我的長刀和弓箭，一刀割斷綑綁在我身上的繩子。「這次輪到我逃命了。」——我記得強盜身影消失到竹林外時，低聲說了這句話。之後只見四周萬籟俱寂。不，還有某個人哭泣的聲音。我邊解開繩子，邊豎耳傾聽。然而，細聽之下才發現這不是我自己哭泣的聲音嗎？（第三次陷入漫長的沉默）

我好不容易才從杉樹根上撐起筋疲力竭的身體。妻子掉落的短刀在我眼前閃著光。我拿起短刀，往自己胸口一刺。某種帶著血腥味的東西湧上口中。但，我絲毫也不感到痛苦。只是胸口涼了以後，四周變得更加寂靜無聲。啊啊，多麼靜謐啊！連一隻小鳥也不肯飛來這片山腳暗處的竹林上空鳴叫。只有幾道寂寥的陽光飄盪在杉樹竹枝末梢。而陽光——也逐漸暗了下來。我再也看不見杉樹和竹林了。我倒在竹林裡，籠罩在深沉的幽靜之中。

此時，有人躡手躡腳來到我身邊。我想轉頭過去看看。但不知不覺間，我周圍已經是一片昏暗。有人——那個人用看不見的手悄悄拔去我胸口上的短刀。同時我口中又再次湧上鮮血。從那之後，我便永遠沉入中有的黑暗之中。……

侏儒的話（摘錄）

しゅじゅのことば

解讀芥川觀點的格言集

大正十二年一月起

發表於雜誌《文藝春秋》

人生好比一盒火柴。誠惶誠恐地對待它顯得荒唐，太過輕忽則易有危險。

人生は一箱のマッチに似ている。重大に扱うのは莫迦々々しい。重大に扱わなければ危険である。

《侏儒的話》序

《侏儒的話》不一定能傳達出我的思想。只能偶爾讓人窺見我思想的變化罷了。

我的思想像是一長條蔓草，而非一根小草——而且那條蔓草或許還會延伸出好幾條藤蔓。

芥川龍之介

修身

道德是方便的別名。跟「靠左行走[35]」很像。

道德帶來的恩惠是節約時間與勞力。道德帶來的損害是徹底的良心麻痺。

恣意違反道德的人是缺乏經濟觀念的人。隨意屈服於道德的人是膽小鬼或懶惰鬼。

支配我們的道德是受資本主義毒害的封建時代道德。除了損失之外，我們幾乎從未獲得過任何好處。

強者踐踏道德。弱者則被道德愛撫。蒙受道德迫害的人總是強與弱之間的中間

[35] 不同於現代日本，當時的行人走路靠左。現在則根據道路交通法第十條，無法區分車道與人行道時，行人必須靠右側走。

者。

道德經常像是穿舊的衣服。

良心不像我們的鬍子會隨著年齡生長。我們為了獲得良心，需要若干的訓練。

一國人民超過九成一輩子都沒有良心。

我們的悲劇是由於年少或訓練不足，導致在還沒捕捉到良心之前，便蒙受不知廉恥的人非難。

我們的喜劇是由於年少或訓練不足，在蒙受不知廉恥的人非難後，終於捉住了良心。

良心是嚴肅的嗜好。

良心或許能創造道德。然而道德至今，卻連良心的良字都還沒創造出來。

良心正如所有的嗜好，擁有病態的愛好者。那些愛好者十有八九是聰明的貴族或富豪。

兒童

軍人就像兒童。他們為英雄式行動感到歡喜，且性好所謂的光榮，在此不消贅言。崇尚機械式訓練、重視動物性的勇氣，也是小學才看得見的現象。不把殺戮當一回事更是無異於兒童。尤其最像兒童的是只要在喇叭及軍歌鼓舞之下，便不問為何而戰，欣然前赴沙場與敵人交手。

因此軍人引以為傲的事物必定也像兒童的玩具一樣。繫上紅繩的鎧甲與鍬形頭盔根本不符合成人的興趣。勳章——我實在覺得很不可思議。為何軍人沒喝醉酒，也敢佩戴著勳章走在大街上呢？

古典

古典文學的作者之所以幸福，是因為他們已經死了。

又

我們——或者說你們之所以幸福，是因為他們已經死了。

告白

沒有人能夠完全地自我告白。同時，若不自我告白，又無法傳達任何理念。

盧梭是個喜好告白的人。但他的《懺悔錄》中，也無法發現赤裸裸的他。梅里美[36]是個厭惡告白的人。但《高龍芭》不是就在隱約之中說著他自己嗎？反正告白文學與其他文學的界線並不如表面上那麼清楚。

人生——致石黑定一

若命令不想游泳的人去游泳，任何人都會認為不合情理。若命令不願跑步的人去跑步，只會讓人覺得不講道理。然而我們打從出生的時候開始，就如同背負著這種荒唐的命令。

我們還在母親肚子裡時，學過為人處世之道嗎？不僅如此，我們一離開母親的肚子，便立刻踏入近似巨大競技場的人生之中。不想游泳的人當然不可能從游泳中獲得滿足。同樣的，不願跑步的人大致上都落於人後。因此我們不可能出現在人生競技場上卻毫髮無傷。

怪不得世人會說：「看看前人的足跡。你們可以在足跡中找到範本。」然而即使看了上百個游泳者或是上千個跑者，也不可能突然學會游泳或通曉跑步的訣竅。不僅如此，那些游泳者個個喝過不少水，而跑者無一例外地身上全沾滿了競技場的泥土。看清楚，即便是世界知名的選手，不也都將愁眉苦臉隱藏在得意的微笑背後嗎？

人生就像瘋子主辦的奧運。我們必須邊和人生奮戰，邊學習與人生奮戰的方法。忍不住對遊戲的荒唐心生憤慨的人，儘管快點離場。自殺也是一個方便的辦法。而

㊱ Prosper Merimee（一八〇三至一八七〇），法國現實主義作家、劇作家、歷史學家。代表作為《卡門》。

想留在人生競技場上的人，必須不畏創傷、挺身應戰才行。趴在地上爬行的跑者很滑稽，同時也很悲慘。喝了水的游泳者會讓人看了笑中帶淚。我們就跟他們一樣，上演著人生的悲喜劇。受傷也是情非得已。然而，為了忍受那樣的創傷——世人或許又會說三道四，我希望我可以時常懷著同情與戲謔之心。

又

人生好比一盒火柴。誠惶誠恐地對待它顯得荒唐，太過輕忽則易有危險。

又

人生就像缺頁很多的書本。難以稱之為一本書，但它仍是一本書。

暴力

人生往往是複雜的。要使複雜的人生變得簡單，除了暴力之外別無他法。這也是為什麼只有石器時代腦髓的文明人，往往喜愛殺人更勝辯論。

而權力畢竟是獲得專利的暴力。為了支配我等人類，暴力或許是不可或缺的，但也或許根本就沒有必要。

芥川龍之介

侏儒的話（摘錄）

政治天才

自古以來普遍認為所謂的政治天才便是以民意為己意。但事實正好相反。倒不如說，所謂的政治天才其實是將一己之見當成民意。至少讓眾人信以為是民意。因此政治天才都具有演員的天賦。拿破崙曾說過：「莊嚴與滑稽僅一步之差。」[37]這句話更像知名演員的評論，而非帝王的格言。

醜聞

公眾喜愛醜聞。諸如白蓮事件[38]、有島事件[39]、武者小路事件[40]——公眾從這些事件中獲得了無上的滿足。為何公眾喜愛醜聞——尤其是聞名世間的他人之醜聞呢？古爾蒙[41]如此回答——

---

[37] 一般認為這句話出自拿破崙。

[38] 一九二一年，女詩人柳原白蓮（一八八五～一九六七），拋棄前夫與年輕的勞工運動家私奔。

[39] 一九二三年，作家有島武郎（一八七八～一九二三）與《婦人公論》記者殉情。

[40] 一九二二年，作家武者小路實篤（一八八五～一九七六）與夫人離婚，並和戀愛對象共組新家庭。

[41] Remy de Gourmont（一八五八～一九一五）法國詩人。

「因為他人的醜聞，讓自己掩飾起來的醜聞也顯得理所當然。」

古爾蒙的回答切中紅心。但是並非完全如此。連醜聞都引不起的俗人從所有名人醜聞中，發現能為他們的怯懦辯解的絕佳武器。同時也找出最為恰當的基礎，好讓他們樹立實際上並不存在的優越感。「我不如女詩人白蓮漂亮，但我比女詩人白蓮忠貞嫻淑」、「我不如作家有島具有文采，但我比作家有島更熟知世事」、「我不如作家武者小路……」——公眾說完這些評語後，一定會像豬隻般幸福地熟睡吧！

又

天賦英才的其中一部分，顯然是引發醜聞的才能。

輿論

輿論通常是私刑，而私刑又通常是娛樂。即使以報紙報導代替手槍也足以傷人。

又

輿論值得存在的理由只有一點——引起世人踐踏輿論的興趣。

芥川龍之介

侏儒的話（摘錄）

敵意

敵意就好比寒冷。適度感受到時令人爽快，況且若想保持健康，任誰都不可或缺。

危險思想

危險思想就是將常識付諸實行的思想。

惡

具有藝術氣質的青年，往往最晚發現人性之惡。

悲劇

所謂的悲劇是必須特意去做自己感到羞恥的事。因此，萬人共同的悲劇即為進行排泄作用。

強弱

強者不畏敵人而怕朋友。強者可以不痛不癢地一拳打倒敵人，然而無意之中傷害朋友，卻讓他們感到像是傷害兒女似的恐怖。

弱者不怕朋友而畏懼敵人。因此弱者四處都能發現假想敵。

社交

一切社交活動都需要虛偽。若不加入絲毫的虛偽，便對友人知己吐露我們的真心話，即便是往昔的管鮑之交[42]也不免心生嫌隙。暫且不提管鮑之交，我們或多或少會憎惡或輕蔑親密的友人知己。但即使是憎惡，在面對利害關係時必也會收斂鋒芒。而輕蔑則會讓人滿不在乎地吐出大量虛偽的言辭。因此，為了徹底與友人知己推心置腹地往來，我們必須完全且徹底地擁有利害關係並互相輕蔑。當然這對任何人而言，都是相當困難的條件。否則我們老早就變成不吝於禮讓的紳士，世界也老早就出現黃金時代的和平了。

芥川龍之介

侏儒的話（摘錄）

神

神的所有特性中，最令人同情的是神無法自殺。

又

我們發現了無數個謾罵神的理由。但不幸的是，日本人對於全能的神並未虔誠到足以謾罵的程度。

民眾

民眾是穩健的保守主義者。制度、思想、藝術、宗教——上述的一切為了獲得民眾喜愛，皆必須帶有上一個時代的古色古香。所謂的民眾藝術家[43]卻不受民眾喜愛也不全是他們的過錯。

又

---

[42] 起源於春秋時代，管仲與鮑叔牙友情深厚，後用以比喻朋友交情深厚。
[43] 大正時期受到西歐影響，由大山榮等人所提倡的藝術思想運動。

發現民眾的愚蠢，不一定足以誇耀。然而，發現我們本身也是民眾這件事確實足以自豪。

又

古人認為欺眾愚民乃治國之大道。程度得拿捏得恰到好處，以便需要時讓民眾變得更愚蠢。——又或者視其必要讓民眾變聰明。

處女崇拜

我們為了迎娶處女為妻，不知在選擇妻子時發生過多少次滑稽的失敗；現在差不多是對處女崇拜不予理會的大好時機。

又

處女崇拜是知道處女的事實後才開始的。亦即注重零碎的知識更甚於直率的感情。因此我們必須說處女崇拜者是喜歡在愛情上賣弄學問的人。所有處女崇拜者都具有某種莫名嚴肅的態度，或許不是偶然。

又

芥川龍之介

侏儒的話（摘錄）

崇拜看似處女的氣質當然不同於處女崇拜。將這兩者當成同義詞，恐怕是太小看女人演戲的才能。

禮節

聽說有個學生向我朋友詢問這樣的問題。

「接吻時究竟該閉上雙眼，還是該睜開眼睛呢？」

所有女校中都沒有課程教導關於戀愛的禮節，我與這名女學生皆深感遺憾。

庸才

庸才的作品即便是件大作，也一定像是無窗的房間。對人生的展望毫無助益。

雨果

覆蓋全法國的一片麵包。而且怎麼看，麵包上的奶油都沒有塗滿。

杜斯妥也夫斯基

所有諷刺畫裡都充滿了杜斯妥也夫斯基的小說。而那些諷刺畫有一大半必能讓惡魔也感到憂鬱。

福樓拜

福樓拜教導我，讓我知道世上也有美麗的無聊。

莫泊桑

莫泊桑像冰。有時也像冰糖。

愛倫・坡

坡在創作《斯芬克斯》前研究過解剖學。坡震撼後代的祕密就潛藏在這項研究中。

森鷗外

鷗外大師終究是身著軍服、腰間佩劍的希臘人。

親子

我很懷疑父母是否適合養育孩子？牛馬無疑也是雙親養育長大的。然而，以自然之名來辯護這種舊習，確實是為人父母者的任性。如果打著自然之名便能為任何舊習辯護的話，首先我們得先為未開化人種的掠奪式婚姻辯護才行。

又

母親對孩子的愛是最無私的愛。然而，無私的愛未必最適合養育小孩。這種愛對孩子的影響——至少影響的大半結果，不是把孩子養成了暴君，就是養成了弱者。

又

人生悲劇的第一幕，便是從成為親子開始。

又

自古以來，不知道有多少為人父母的人在重複著這句話。——「我是個失敗者，但我一定要讓這孩子成功。」

經驗

完全仰賴經驗，就像不考慮消化能力，光靠食物來獲得養分。同時，漠視經驗而完全仰賴能力，則像不考慮食物，光靠消化能力來吸收營養。

大好人

女人不一定希望嫁個大好人當自己的丈夫。但男人卻總是希望擁有一個大好人當自己的朋友。

又

大好人就像天上的神。首先，可以對他訴說內心的喜悅。其次，可以向他投訴心中的不平。第三——可有可無。

芥川龍之介

侏儒的話（摘錄）

藝術

王世貞[44]有言道：「畫力三百年，書力五百年，文章之力千古無窮。」然而，從敦煌出土的物品來看，書畫經過五百年，似乎依然保有力量。不僅如此，文章是否保有千古無窮的力量，也令人懷疑。觀念亦無法超越時光的支配。我們的祖先由「神」這個字聯想到衣冠束帶的人物。而我們則從同一個字聯想到蓄著長鬍的西洋人。我們必須明白這樣的現象不限於神，而是有可能發生在任何事物上。

又

藝術跟女人一樣。為了展現最美的面貌，必須蒙上某個時代的精神思想或流行。

誠實

如果變誠實，我們便能立刻發現所有人都不誠實吧！因此，我們不由得對於變

[44] 一五二六～一五九〇年，明代的文學家、史學家。

誠實感到不安。

逆來順受

逆來順受是浪漫的自卑。

徵兆

戀愛的徵兆之一，就是對她過去愛過幾個男人，或是一想到她愛過什麼樣的男人，便隱隱地對那些虛構的男人心生嫉妒。

又

戀愛的另一項徵兆，則是對於找出與她相似的面孔這件事變得極度敏銳。

結婚

結婚對於調節性欲相當有效。但是對調節愛情則無效。

又

他在二十來歲結婚後，一次也不曾墜入情網。多麼庸俗啊！

忙碌

拯救我們脫離戀愛的，與其說是理性，不如說是忙碌。為了徹底談一場戀愛，最重要的是必須要有時間。維特、羅密歐、崔斯坦[45]——想想看自古以來的情人，他們全是有閒之人。

男子

男子自古以來都是重視工作更甚於愛情。如果懷疑這項事實，儘管去讀巴爾札克寫的信[46]。巴爾札克在信中對昂絲卡伯爵夫人寫道：「這封信若換算成稿費，可超過好幾法郎。」

[45] 依序出自：歌德《少年維特的煩惱》、莎士比亞《羅密歐與茱麗葉》及中世愛情故事《崔斯坦與伊索德》。
[46] 《寫給異國女子的信》（一八九九、一九〇六年出版）。巴爾札克寫給波蘭裔奧地利貴族昂絲卡夫人的書信，巴爾札克晚年與她結婚。

侏儒的話 遺稿（摘錄）

しゅじゅのことば

昭和二年九月

發表於雜誌《文藝春秋》

芥川龍之介

侏儒的話遺稿（摘錄）

幼兒

我們究竟為何會喜愛年幼的孩童呢？一半的理由是因為至少不須擔心被年幼的孩童欺騙。

又

我們毫不在乎地將我們的愚蠢公諸於世並不以為恥，只有在面對年幼孩童時——或者是面對犬貓時。

女人

健全的理性下達命令——「你切勿接近女人」。

然而健全的本能卻下達完全相反的命令——「你切勿躲避女人」。

又

對於我們男子而言，女人即人生。也就是諸惡的根源。

處世之道

最聰明的處世之道是一面輕蔑社會舊習，一面又過著與社會舊習不相矛盾的生活。

理性

理性教導我的終究只有理性的無能為力。

詞句

所有詞句都像銅板一樣具有正反兩面。例如「敏感的」這個詞的另一面，其實不過就是「膽小的」罷了。

傻瓜

傻瓜總認為他以外的人全是傻瓜。

芥川龍之介

侏儒的話遺稿（摘錄）

愛情

愛情只是以詩意來呈現性欲。至少無法以詩意呈現的性欲，不值得稱之為愛情。

人性

我們人類的特色便是會犯下神絕對不會犯的過失。

我

我沒有良心。我擁有的只有神經。

又

我時常希望別人「最好去死」。而且那些別人之中甚至有我的骨肉至親。

又

我時常心想——「就如我愛上那女人時，那女人也愛上我一樣；真希望我討厭那女人時，那女人也會討厭我就好了。」

又

我年過三十之後，總是一感受到愛情，便立刻拚命創作抒情詩，並趁感情尚未深入前脫身。然而，並非我在道德上有了進步。我只是學會了在心裡計算得失而已。

又

我即使是和深愛的女人在一起，談話超過一個小時，我就覺得無聊。

又

我時常撒謊。先不論寫成文字時如何，但親口說出來的謊言則全部拙劣至極。

又

我對於和第三者共享一個女人這種事並不會心有不平。然而，當第三者不知是幸運或不幸地對這項事實一無所悉時，我經常會突然對那女人心生厭惡。

又

我對於和第三者共享一個女人這種事並不會心有不平。但是條件必須是下述兩者之一——我和第三者是素未謀面的陌生人，或者關係極為疏遠。

又

我還是會對因為愛上第三者而背著丈夫偷情的女人心生愛意。但是我對因為愛上第三者而不顧孩子的女人卻是滿心厭惡。

又

能讓我感傷的，只有天真無邪的孩童。

又

我三十歲之前愛過某個女人。那女人曾經對我說：「我對不起你太太。」我倒不曾特別覺得對不起我太太。但是她的話卻異常地打動了我的心。我老實地心想：「我或許也對不起這個女人。」直到現在，只有這女人讓我的心感受到溫柔。

又

我對金錢很冷淡。當然是因為我不愁吃喝。

又

我很孝順父母親。因為父母親[47]皆年事已高。

---

[47] 芥川的親生父母與養父母，在他出生時分別已四十多歲和三十多歲，在當時算是相當高齡。

又

即使我不對我那兩、三個朋友說真話，但我也從不曾對他們說謊。因為他們也不撒謊。

某日深夜的感想

睡覺比死亡愉快。至少一定比較容易。（昭和改元的第二天）[48]

---

[48] 在位者改變年號稱之為「改元」。一九二六年十二月二十五日大正天皇逝世，昭和天皇繼位並改元為昭和。

某個傻子的一生

あるあほうのいっしょう

生前最後自傳體遺作

昭和二年六月
完成

昭和二年七月
發表於雜誌《改造》

他很清楚自己的病痛源自什麼。他的病，源自於他對自己的羞恥以及畏懼他們的心。他畏懼他們——他畏懼他所輕蔑的社會！

彼は彼自身彼の病気を承知していた。それは彼自身を恥じると共に彼等を怖れる心もちだった。彼等を、——彼の軽蔑していた社会を！

給久米正雄

我想將這份原稿是否發表，以及發表時間、發表機構全權交由你定奪。

這份原稿裡出現的人物，我想你大概都知道。但我希望即使發表也別附上人物索引。

我現在活在最不幸的幸福之中。不可思議的是我並不後悔。只覺得擁有像我這種惡夫、惡子、惡父的人們實在太可憐了。那麼再會了。我認爲至少我在這份原稿中，並未刻意爲自己辯護。

最後要說的是，我將這份原稿託付給你，是因爲你比誰都了解我。（只要剝掉我身上這層都市人的皮即可）敬請儘管嘲笑我在這份原稿裡的痴傻吧！

昭和二年六月二十日㊾

芥川龍之介

芥川龍之介

某個傻子的一生

一　時代

某家書店二樓。二十歲的他，爬上架在書櫃上的西式梯子尋找新書。莫泊桑、波特萊爾、斯特林堡、易卜生、蕭伯納、托爾斯泰……

他找著找著，天色漸漸黑了。但他仍熱心地讀著書背上的文字。排列在書架上的與其說是書本，不如說是世紀末[50]本身。尼采、魏爾倫、龔古爾兄弟、杜斯妥也夫斯基、霍普特曼、福樓拜……

他一面和昏暗戰鬥，一面數著他們的名字。然而，書本卻開始沒入憂鬱的陰影之中。他終於耗盡氣力，想爬下西式梯子。此時正好一個沒有燈罩的電燈，在他頭上突然亮了起來。他佇立在梯子上，俯瞰穿梭在書本之間的店員和顧客。他們看起

㊾一九二七年。芥川於這一年自殺身亡。

㊿世紀末（法語：Fin de siècle）是指一個世紀的結束。世紀末不僅包括世紀之交的含意，又兼指一個時代的結束與開始，在十九世紀末被認為是一段巨大轉變，同時也蘊含希望的一個新時代。世紀末的「精神」，往往是指十九世紀八〇年代和十九世紀九〇年代的文化指標，包括無聊、犬儒主義、悲觀主義。世紀末普遍適用於法國藝術和藝術家，其運動影響許多歐洲國家。世紀末藝術家所提出的想法和顧慮引起象徵主義和現代主義運動誕生。

來莫名地渺小。不僅如此，還相當寒酸。

「人生不過是一行波特萊爾。」

他站在梯子上望著他們半晌。……

二　母親

所有瘋子都被穿上鼠灰色衣服。以致於寬廣的房間看起來變得更加憂鬱。他們其中一人對著風琴，熱情地彈奏著讚美歌。同時又有一個人站在房間正中央，與其說是跳舞，更像是在跳躍。

他和臉色紅潤的醫師一同眺望眼前這副光景。他母親十年前也和這群人一樣[51]。一模一樣——他從他們的臭氣感受到了母親的氣息。

「走吧？」

醫師先站了起來，沿著走廊走進某個房間。房間一角放著一個裝滿酒精的大玻璃瓶，裡頭浸泡著好幾顆腦髓。他發現腦髓上有細微的白點，就像在上頭滴了幾滴蛋白似的。他站著和醫師談話，再次想起了他的母親。

「這顆腦髓的主人，曾經是××電燈公司的技師。那男人總以為自己是發出黑色光芒的巨大發電機呢！」

他為了閃避醫師的目光，轉頭望向玻璃窗外。窗外除了插著空瓶碎片的磚牆，什麼也沒有。而牆上薄薄的青苔，長出了斑駁朦朧的白色斑塊。

三　家

他生活在某個郊外的二樓房間裡。

因為地盤鬆動，導致二樓異樣地傾斜。

㊿ 芥川生母阿福在他出生後七個月左右發瘋，並在他十一歲那年過世。

他的姨母經常在二樓和他爭吵。使得他養父母不時得出面仲裁調停[52]。但是他比誰都愛他的姨母。一輩子單身的姨母在他二十歲時，已經是接近六十歲的高齡了。

他在郊外的二樓幾度思索著相愛的人是否總會彼此折磨？期間也感受到了二樓令人不舒服的傾斜。

四　東京

隅田川上天色陰暗烏雲密布。他從奔馳的小汽艇窗戶眺望向島上的櫻花。盛開的櫻花在他眼裡，就如一排襤褸的破布般憂鬱。但他從櫻花——從江戶時代以來便深受民眾喜愛的向島櫻花中，看到了自己的身影。

五　我

他和他的學長面對面坐在某家咖啡廳的餐桌前，不斷抽著香菸。他鮮少開口說話，卻很專心地傾聽學長所說的話。

「我今天搭了半天的汽車。」

「你去辦什麼事嗎？」

他的學長手拄著臉，極為漫不經心地回答：

「沒有，我只是想搭車而已。」

那句話解放了他，將他帶到未知的世界——接近眾神的「我」。他感受到某種痛楚，但同時也感受到了歡愉。

那家咖啡廳極為狹小。但在牧神[53]畫框下，有一棵種植在赭紅盆子裡的橡膠樹，

---

[52] 芥川本姓新原，生母發瘋後，他被送回生母娘家扶養，之後過繼給舅舅當養子，並改姓芥川。姨母指的是生母的姊姊，養父母則是舅舅夫妻。

[53] 一說為希臘神話中的牧神 PAN，或譯為羊男；另一種說法為羅馬神話的 FAUN（法翁），同樣是半人半羊的精靈。

厚實的葉子無力地低垂著。

六　病

他在不斷吹拂而來的海風中翻開英文字典，以指尖搜尋文字。

Talaria　長有翅膀的鞋子或涼鞋。

Tale　故事。

Talipot　東印度生產的椰子。樹幹可生長至五十到一百呎高，葉子可做傘、扇子、帽子等。七十年開一次花。……

他腦海中清楚描繪出這種椰子的花。結果喉嚨感受到一股前所未有的騷癢，他忍不住將痰吐到字典上。痰？——但那並不是痰。他思索著短暫的生命，再次想像椰子的花。高聳在遙遠海洋另一邊的椰子花。

七 畫

他突然——實際上真的很突然，他站在某家書店前看著梵谷的畫，看著看著突然明白了所謂的畫。當然，那本梵谷的畫集全是照片，但他卻從照片中感受到大自然鮮明浮現在眼前。

對於畫的熱情，讓他感到耳目一新。他開始不斷注意起樹枝的弧度及女人圓潤的臉頰。

某個下雨的秋季黃昏，他經過郊外的高架橋下。高架橋另一邊的堤防下停著一輛載貨馬車。他經過時，感受到有人先前也經過了這裡。是誰？——事到如今已沒有必要問這種問題了。

二十三歲的他心中浮現一個割掉耳朵的荷蘭人，啣著長長的菸斗，以銳利目光凝視著眼前這幅憂鬱的風景畫。……

八　火花

他淋著雨在柏油路上走著。雨勢相當猛烈。他在飛濺的滂沱大雨中聞到防雨外套的橡膠味。

眼前一條高架電線發出紫色的火花。他莫名地感動不已。他上衣口袋裡藏著準備發表在同人雜誌上的文章原稿。他在雨中邊走邊再次仰望身後的高架電線。

電線依舊綻放著銳利的火花。他放眼一路走來的人生，並沒有什麼特別想要的東西。然而，唯有這道紫色火花——唯有這道驚人壯觀的空中火花，即使要他用生命交換，他也想抓在手中。

九　屍體

屍體拇指上全都掛了綁著鐵絲的牌子。牌子上記錄了姓名及年齡。他的朋友彎著腰，靈巧地移動手術刀，開始剝下某具屍體的臉皮。皮下佈滿了美麗的黃色脂肪。

他望著那具屍體。那無疑是他為了完成某篇短篇——以王朝時代為背景的某篇短篇[54]所需要的。但接近腐敗杏子味道的屍體臭味令人不適。朋友眉頭緊蹙，安靜地移動著手術刀。

「最近屍體也不太夠呢！」

他的朋友這麼說。結果他不知不覺間，準備好了他的回答。——「如果屍體不夠的話，我可以不懷惡意地就去殺人。」當然他只在心裡回答，並未說出口。

十　老師[55]

他坐在高大槲樹下閱讀老師的書。槲樹靜止在秋日陽光下，連一片葉子也不曾

[54] 指〈羅生門〉。
[55] 即夏目漱石。

移動。遠方空中有個兩邊垂掛著玻璃盤子的秤，正好保持著平衡。——他讀著老師的書，同時感受到了這副景象。……

十一　黎明

黑夜散去，天漸漸亮了。他在某個城鎮角落瞭望寬廣的市場。群聚在市場的人與車全都開始染上玫瑰色。

他點燃一根香菸，靜靜地走進市場中。一隻細瘦的黑狗突然朝著他吠了起來。但他並不感到驚恐。不僅如此，他甚至喜愛那隻狗。

市場正中央有一棵懸鈴木，枝椏朝四方伸展。他站在樹根前，隔著枝椏仰望高空。他正上方的天空，正好有一顆星在閃爍。

那是他二十五歲那年——遇見老師後的第三個月[56]。

十二　軍港

潛水艇的內部昏暗。他在遮蔽前後左右的機械中彎著腰，朝小小的望遠鏡裡看。映在望遠鏡裡的是明亮的軍港景致。

「停泊在那裡的『金剛』也看得到吧？」

某海軍將校對他說。他注視著四角鏡片上的小小軍艦，不知為何突然想起了荷蘭芹。在一份三十錢的牛排上，隱約散發香氣的荷蘭芹。

十三　老師之死[57]

他在雨後的風中走在某座全新火車月臺上。天空依然有些陰暗。月臺對面有二、

---

[56] 二十五應為虛歲，芥川在一九一五年經由友人松岡讓的介紹進入漱石門下，當時足歲二十三。
[57] 漱石於一九一六年十二月九日過世。

四名鐵道工人一同上上下下揮動鶴嘴鋤，一邊高聲歌唱。

雨後的風吹散了工人的歌聲與他的情感。他並未點燃香菸，心中感受到一股接近歡愉的苦楚。「老師病危」的電報還塞在外套口袋裡。……

此時，對面松山方向出現一列上午六點發車的上行列車，車頭拖著淡淡黑煙，彎彎曲曲地沿著軌道朝這裡靠近。

十四　結婚

他在結婚翌日對妻子抱怨：「才剛嫁進來就亂花錢，真傷腦筋！」但那不是他自己想抱怨的，而是他姨母叫他「去說」的怨言。他妻子當然向他和姨母道了歉。就在她為了他買來的黃水仙盆栽前。……

十五 他們

他們在巨大芭蕉葉展開形成的陰影下，過著和平的生活。——因為他們的家位於即使從東京搭蒸汽火車也要足足一個小時才能抵達的某個海岸城鎮[58]。

十六 枕頭

他以散發玫瑰葉片氣味的懷疑主義為枕，閱讀著阿納托爾・法郎士[59]的書。然而他卻沒發現枕頭裡也有半人半馬神。

[58] 芥川於一九一八年結婚，婚後與妻子、姨母搬到鎌倉居住。
[59] 一八四四～一九二四年，法國作家、文學評論家、社會活動家。主要作品有小說《苔依絲》、《企鵝島》、《諸神渴了》等。一九二一年作品《苔依絲》獲諾貝爾文學獎。

十七　蝴蝶

一隻蝴蝶在充滿海藻氣味的風中翩翩飛舞。他在短短的一瞬間，感覺到這隻蝴蝶翅膀碰上他乾燥的嘴唇。然而，唯有沾上他嘴唇的鱗粉，經過多年依舊閃爍著光芒。

十八　月

他在某家飯店樓梯上偶然碰見了她。白晝下，她的臉龐也彷彿籠罩在月光中。他目送她離去，（因為他們素未謀面之故）同時感受到前所未有的寂寞。……

十九　人工翅膀

他的興趣從阿納托爾・法郎士轉移到十八世紀的哲學家身上。但是他從不接觸盧梭。或許是因為他本身其中一面——很接近盧梭容易受熱情驅使的那一面也說不定。而他本身的另外一面則想靠近——《憨第德》[60]哲學家幾近冷靜理智的那一面。對於二十九歲的他而言，人生黯淡無光。但是，伏爾泰給了他一對人工翅膀。

他展開人工翅膀，輕鬆自在地飛向空中。同時，沐浴在理智之光下人生的喜悅與悲哀，逐漸沉到了他的雙眼底下。

他朝醜陋的城鎮上方拋下諷刺與微笑，穿越自由無礙的天空筆直朝太陽飛去。模樣就像忘記古代那個也因為人工翅膀被太陽燒毀而墜落海裡死亡的希臘人[61]。……

[60] 伏爾泰的代表作。

[61] 希臘神話的人物，藝術家和工匠第達羅斯之子。第達羅斯奉命到克里特島去為國王建造神奇的迷宮。第達羅斯失寵後，他和兒子伊卡魯斯被囚禁在沿海的一座石堡中。不久，聰明的第達羅斯想到脫逃妙計，以羽毛、線和蠟為自己和兒子各自黏製了一副翅膀。當伊卡魯斯發現克里特島已拋在身後時，欣喜若狂地展翅高飛，沉浸於飛翔的自由中。不知不覺間他飛得愈來愈高，不久太陽的高熱融掉蠟，他翅膀上的羽毛也紛紛掉落。伊卡魯斯此時驚醒，但為時晚矣，他之後墜落海中。

二十　枷鎖

因為他進入一家報社的關係，他們夫妻便與他的養父母住在同一個屋簷下。他的生活全仰賴一張寫在黃色紙張上的契約書。但是後來他看了看契約書，才發現報社不須負任何義務，需要負義務的只有他。

二十一　瘋子的女兒

兩部人力車奔馳在陰天寂靜的鄉間小徑上。從陣陣吹來的海風明顯可知這條路面對大海。坐在後方人力車上的他，一面訝異著自己居然對這次約會興趣缺缺，一面思索著是什麼將自己引導至此。絕對不是愛情。如果不是愛情的話——他為了迴避這個問題的答案，不得不想著「總之我們是對等的」。

坐在前方人力車上的人，是某個瘋子的女兒。不僅如此，她妹妹還因為嫉妒自殺了。

「我也沒辦法了。」

他對這名瘋子的女兒——唯有動物性本能強烈的她，感到某種憎惡。

兩部人力車通過帶有海邊腥臭的墓地外圍。黏著牡蠣殼的樹枝籬笆中，有幾座黑黑的石塔。他眺望石塔另一邊波光粼粼的海，突然開始輕蔑起她的丈夫——那個掌握不住她內心的丈夫。

二十二　某位畫家

那是某本雜誌裡的插畫。一隻公雞的水墨畫，展現出再明顯不過的個人特色。他向某個朋友詢問這名畫家的事。

經過一週，這名畫家登門造訪。那件事在他一生中也算是特別突出的事件。他從這名畫家身上發現了無人知曉的他。不僅如此，他還發現了自己從不知道的靈魂。

某個微寒的秋日黃昏，他看見一株玉米，忽然想起了這名畫家。高高的玉米枝葉劇烈搖擺，隆起的土壤上露出神經般細長的根。這無疑是他的自畫像，畫出了容易受傷的他。但這項發現只會讓他更加憂鬱。

「來不及了。但是萬一有什麼大事發生時……」

二十三 她

某廣場前的天色已逐漸轉黑。他拖著微微發燒的身體走在廣場上。清澈的銀色天空下，幾棟大樓上一扇又一扇窗戶亮起了燈。

他停下腳步站在路旁等待她的到來。五分鐘後，她憔悴地走近他。然而，她一看見他的臉，便笑著說：「我好累。」他們並肩走在只剩微光的廣場上。對他們而言，這是第一次。他驀然湧現願意拋棄一切只為和她在一起的心情。

他們搭上汽車後，她凝視著他的臉說：「你不後悔嗎？」他斬釘截鐵地回答：

「不後悔！」她按住他的手說：「我不會後悔的。」即使這時候，她的臉龐也彷彿籠罩在月光中。

二十四　生產

他佇立在紙門邊，低頭看著一名身穿白色手術服的接生婆幫嬰兒洗澡。每當肥皂滲入眼睛時，嬰兒就會惹人憐愛地皺起臉來，並且放聲大哭。他感受著嬰兒近似幼鼠的氣味，不由得深深感慨。——

「這小子為何出生？來到這個充滿苦難的世界。——這小子又為何得背負我這種人當他父親的命運？」

那是他妻子第一次產下的男孩。

二十五　斯特林堡

他站在房門口，看著幾個略顯骯髒的中國人在石榴花開的月光下打麻將。接著他轉身回房，在低矮的桌燈下讀起《痴人的告白》[62]。然而讀不到兩頁，他便不知不覺地露出了苦笑。——斯特林堡也在寄給情人伯爵夫人的情書上，寫著跟他大同小異的謊言。……

二十六　古代

斑駁的彩色佛像、天人、馬、蓮花，幾乎震懾了他。他凝神仰望，忘卻一切。甚至忘記擺脫瘋子女兒魔手的自己有多麼幸運。……

二十七　斯巴達式訓練

他和他朋友一起走在一條巷弄裡。對面有一輛蓋上車棚的人力車筆直奔向這裡。而且坐在上頭的竟是昨晚的她。白晝下，她的臉龐依舊宛如籠罩在月光中。他在朋友面前當然連一句問候也沒有。

「真是個美人兒呢！」

朋友這麼說。他眺望道路盡頭的春日山巒，毫不猶豫地回答：

「是啊，還真美呢！」

---

(62) Die Beichte eines Toren，發表於一八九三年。

二十八　殺人

陽光下的鄉間小徑飄著牛糞臭味。他邊擦拭汗水邊登上和緩坡道。坡道兩側成熟的麥子釋放出迷人香氣。

「殺了他！殺了他！……」

他口中重複著這句話。殺誰？——他心裡很清楚。他想起了那個態度低聲下氣、留著五分頭的男人。

不知不覺間，黃澄澄的麥子另一邊，出現了一座羅馬天主教教堂的圓頂。……

二十九　形

那是鐵製的酒壺。他從刻著紋路的酒壺學到了「形」之美。

三十　雨

他躺在大床上和她談天說地。寢室窗外正在下著雨。文殊蘭的花似乎快被這場雨打落一地。她的臉龐依舊像籠罩在月光中。然而和她聊天，有時仍會讓他感到無聊。他趴在床上，靜靜點了一根菸，想起自己也和她一起生活七個年頭了。

「我愛這個女人嗎？」

他問自己。答案連他自己也感到意外。

「我還愛著她。」

三十一　大地震

那氣味近似於熟透的杏子。他走在大火過後的廢墟中，隱約嗅到這股氣味；他心想，大熱天裡的腐屍味道其實沒那麼糟。但是當他站在屍體堆積如山的水池前，他發現「鼻酸」這句話絕非感官上的誇大。尤其令他感傷的是一個十二、三歲孩子的屍體。他望著這具屍體，一股近似羨慕的感覺油然而生。「神愛的人必將夭折」──他也想起了這句話。他姊姊與同父異母的弟弟，房子都被燒毀了。而他姊夫則因犯了偽證罪，還在緩刑當中。……

「要是他們全死光就好了。」

他佇立在廢墟中，不由得深深感慨。

三十二　爭執

他和同父異母的弟弟大打出手。他弟弟時常因為他而承受許多壓力，同時他也因為弟弟而喪失了自由。他的親戚不斷對他弟弟說：「學學你哥哥！」但那句話也等同於綁住了他的手腳。他們扭打成一團，最後滾到迴廊上。迴廊外的院子裡有一株百日紅──他現在還記得──閃耀紅光的花朵，盛開在下雨的天空下。

三十三　英雄

他從伏爾泰之家仰望窗外的高山。冰河高懸的山上連禿鷹影子也看不見。但卻有一名個頭矮小的俄羅斯人執拗地爬著山路。

夜幕也籠罩伏爾泰之家後，他在明亮油燈下寫了下列的傾向詩。腦海中邊想著那名攀爬山路的俄羅斯人。……

——比任何人都遵守十誡的你，
是比任何人都更容易違反十誡的你。

比任何人都愛護民眾的你，
是比任何人都輕蔑民眾的你。

比任何人都盡力實現理想的你，
是比任何人都清楚現實的你。
你是我們東洋孕育出的
散發花草氣味的電車。——

三十四　色彩

三十歲的他不知不覺中愛上了某片空地。空地裡只有幾塊磚塊及碎瓦片散落在長了青苔的地上。然而在他眼裡卻無異於塞尚的風景畫。

他不經意回想起七、八年前的熱情，同時也發現七、八年前的他不懂色彩。

三十五　小丑人偶

他自以為過著轟轟烈烈的生活，隨時死亡也不會後悔。可是他其實繼續過著顧慮養父母及姨母的生活。這也在他的生活中造就了明暗兩面。他看見某家西服店裡放著小丑人偶，他心想，自己多麼地像小丑人偶啊！而意識外的他——亦即潛意識裡的另一個他，最後終究將這樣的心情寫進了一篇短文[63]裡。

三十六　倦怠

他和一名大學生走在芒草原中。

「你們還有許多追求美好生活的欲望吧？」

[63] 一九一六年發表的〈野呂松人形〉。

「沒錯——你應該也……」

「但是我沒有。我擁有的只剩創作的欲望。」

那是他的真心話。他確實已在不知不覺中對生活失去了興趣。

「創作的欲望也算追求美好生活的欲望吧？」

他沉默不答。走著走著，只見芒草原的紅色草穗上，清楚露出噴火山的輪廓。他對這座噴火山產生某種近似羨慕的感受。只不過他也不知道自己為何會有這種感覺。

三十七　過路人

他遇見了在才能上能與之抗衡的女子。他創作了「過路人」等抒情歌，才稍稍脫離這場危機。那給他帶來一種冰凍閃爍的白雪掉落樹幹般悵然若失的心情。

隨風飛舞的斗笠上
某個東西掉落地面
我們應該珍惜名聲
我只珍惜妳的名譽

三十八　復仇

那是位於樹木嫩芽中的某家飯店露臺。他在露臺上邊畫畫，邊讓一名少年在一旁玩耍。那是七年前分手的瘋子女兒所生的獨生子。

瘋子女兒點燃香菸，看著他們玩耍。他懷著沉重的心情，不斷描繪蒸汽火車及飛機。幸好少年不是他的孩子。但是少年稱呼他為「叔叔」，卻令他比什麼都痛苦。

少年離開後，瘋子女兒邊抽著香菸邊賣弄風騷地對他說：

「那孩子很像你吧？」

「不像。首先……」
「不是有所謂的胎教嗎？」
他默默地移開目光。但是他心底湧現了想掐死她的殘暴欲望。

三十九　鏡子

他在一家咖啡廳一隅和他的朋友談話。他的朋友吃著烤蘋果，聊起了這陣子有多寒冷。他突然在談話中感受到矛盾。
「你還單身吧？」
「不，我下個月要結婚了。」
他不禁沉默不語。鑲嵌在咖啡廳牆壁上的鏡子，映出無數個他的身影。冷冰冰的身影彷彿在威脅著什麼。……

四十　問答

為何你要攻擊現代的社會制度？

因為我看見了資本主義產生的惡。

惡？我一直以為你無法分辨善惡的差別。那麼你的生活呢？

——他與天使一問一答。天使戴著一頂冠冕堂皇的大禮帽。……

四十一　病

他遭到失眠折磨。不僅如此，體力也開始衰退。他向數名醫生求診，他們分別對他的病下了幾種診斷。——胃酸過多、胃弛緩、乾性肋膜炎、神經衰弱、慢性結膜炎、腦疲勞……

然而，他很清楚自己的病痛源自什麼。他的病，源自於他對自己的羞恥以及畏懼他們的心。他畏懼他們——他畏懼他所輕蔑的社會！

某個下雪的陰鬱午後，他坐在一家咖啡廳角落啣著點燃的菸，傾聽從對面留聲機流瀉而出的音樂。音樂莫名地感動了他的心。他等到音樂結束後，走到留聲機前檢視貼在唱片上的標籤。

Magic Flute —— Mozart

他猛然明白，違反了十誡的莫札特當年一定也曾痛苦不已。但是不至於像他那樣……他垂頭喪氣，靜靜地回到他的位子上。

四十二　眾神的笑聲

三十五歲的他走在春日燦爛的松林中，並且回想起他兩、三年前所寫的「不幸的是眾神無法像我們一樣自殺[64]」這句話。……

四十三　夜

夜幕再度低垂。波濤洶湧的大海在微光中不斷拍打濺起水花。他在夜空下和他妻子二度結為連理。那對他們而言，既是歡愉，同時也是痛苦。三個孩子和他們一起遠眺海面上的閃電。他的妻子抱著一個孩子，似乎強忍著淚水。

「那裡有一艘船，看到了吧？」

「看到了。」

「一艘桅杆斷成兩半的船。」

---

64 出自〈侏儒的話〉。

四十四　死

他慶幸自己一個人睡，盤算著要將帶子綁上格子窗自縊。然而，脖子一套上帶子，他立刻恐懼起死亡。他並不是因為死亡那剎那的痛苦，而感到害怕。第二次，他掏出懷錶試著計算縊死的時間。於是就在短暫的痛苦後，一切都開始變得恍惚朦朧。只要通過這個階段，一定就能進入死亡的世界。他檢視懷錶的指針，發現感受到痛苦的時間約一分二十餘秒。格子窗外一片漆黑。但是黑暗中也可聽見公雞嘶啞的啼叫聲。

四十五　Divan(65)

《Divan》再次給予他內心新的力量。《Divan》是他所不知道的「東洋歌德」。他看見悠然站立在一切善惡彼岸的歌德，感到幾近絕望的羨慕。在他眼中，詩人歌德比詩人克里斯多更加偉大。這名詩人心中除了衛城及各各他[66]之外，還有阿拉伯的玫瑰綻放。如果他擁有些許力量追上這名詩人的腳步——他讀完《Divan》，待驚人的感動鎮定後，不禁深深輕蔑起被生活閹割的自己。

四十六　謊言

他姊夫的自殺突然打倒了他。今後他不得不照顧姊姊一家了。至少對他而言，他的將來宛如日暮西山般昏暗。他幾近冷笑地面對他精神上的破產（他完全明白自己的敗德及弱點），同時還是一如往常地持續閱讀各種書籍。然而，就連盧梭的《懺

⑥⑤ 即歌德的《西東詩集》（West-östlicher Divan），融合了印度古詩和波斯詩歌。

⑥⑥ 又稱各各他山（英文：Calvary 或 Golgotha），天主教典籍譯為哥耳哥達，意譯為「髑髏地」。此地乃是羅馬統治以色列時期耶路撒冷城郊之山，據《聖經・新約全書》中的四福音書記載，神的兒子耶穌基督曾被釘在十字架上，而這十字架就是在這各各他山上。多年來，「各各他」這個名稱和十字架，一直是耶穌基督被害受難的標誌。

悔錄》裡也充滿了英雄式的謊言。尤其是〈新生〉——他從未碰過如〈新生〉主人翁般老奸巨猾的偽善者。唯有法蘭索瓦・維榮[67]能感動他的心。他在幾篇詩歌中發現了「美麗雄風」。

等待絞刑的維榮也曾出現在他夢中。他好幾次都想讓自己跟維榮一樣墮入人生的谷底。但是當時他的境遇及充沛的體力不允許他如此。後來他逐漸衰弱，正好就如從前史威夫特[68]見到的樹木一樣，從樹梢開始逐漸枯萎。……

四十七　玩火

她臉上散發光芒，正如晨曦照射在薄冰之上。他對她抱持好感，但並沒有戀愛的感覺。不僅如此，他連她一根手指都不曾碰過。

「你說你想死嗎？」

「沒錯。——不對，與其說是想死，不如說我已經活膩了。」

他們從這樣的問答中約定好要一同赴死。

「這就叫做柏拉圖式自殺吧。」

「是雙重柏拉圖式自殺。」

他不由得對自己的冷靜感到不可思議。

四十八　死亡

他並未和她一同赴死。只不過，對於自己至今從未碰過她一根手指這件事，他覺得很滿足。她不時會若無其事地和他說話。不僅如此，她還將她擁有的一瓶氰化鉀交給他，告訴他：「只要有了這個，對彼此都會是個堅強的後盾吧？」

---

(67) Francois Villon，法國中世末期的詩人，近代詩的先驅。過著殺人、入獄、流浪的生活，最後被處以死刑。

(68) Jonathan Swift，一六六七至一七四五。英國作家、詩人。知名的作品有《格列佛遊記》等。

那瓶藥的確更堅定了他的內心。他獨自坐在藤椅上，眺望錐栗的嫩葉，忍不住一再思索死亡帶給他的平靜。

四十九　天鵝標本

他用盡最後的氣力，想寫下他的自傳。但是對他而言卻出乎意外地難。因為他還殘留著自尊心、懷疑主義及利害得失的計算。他不禁輕蔑這樣的自己。然而另一方面，他又忍不住認為「任誰剝掉一層皮後，看起來都一樣」。他總覺得《詩與真實[69]》這本書名等於所有自傳的名稱。不僅如此，他清楚知道未必誰都會被文藝作品打動。他作品的訴求，只存在於與他過著相近的一生、近似於他的人們心中。——這樣的想法也對他起了激勵之效。因此他決定簡短地試寫一篇屬於他的《詩與真實》。

他完成〈某個傻子的一生〉後，偶然在一家古道具店裡發現了天鵝標本。天鵝標本引頸站立，但泛黃的羽毛卻被蟲蛀光了。他回想他的一生，感受到內心湧起一陣淚水與冷笑。他眼前的選擇只有發瘋或自殺。他獨自走在向晚的街道上，決心徐徐等待即將前來毀滅他的命運。

五十　俘虜

他的一名朋友發瘋了[70]。他一直對這名朋友感到親切。因為他比別人更深刻地了解這名朋友的孤獨——隱藏在輕鬆愉快這張面具下的孤獨。他曾在這名朋友發瘋後拜訪過他兩、三次。

「你跟我都被惡魔附身了。那個所謂世紀末的惡魔！」

這名朋友壓低聲音對他這麼說。但是據說兩三天後，他前往某家溫泉旅館途中，

⑲歌德的自傳。
⑳宇野浩二，一八九一至一九六一，作家。與芥川及廣津和郎為好友。

甚至吃了玫瑰花。他在這名朋友住院後，想起他以前送給朋友的素坯半身像。那是這名朋友喜愛的《欽差大臣[71]》作者半身像。他想到果戈里也是發狂而死，不由得感受到一股力量在操控著他們。

他筋疲力盡，忽然間唸出哈狄格[72]臨終的遺言，再次感受到眾神的笑聲。笑聲說著「上帝的兵卒來抓我了」這句話。他試圖與他的迷信及感傷主義對抗。然而，對肉身的他而言，什麼樣的對抗都是不可能的。「世紀末的惡魔」實際上無疑正在凌虐著他。他羨慕起仰賴上帝力量的中世紀人民。但是他畢竟還是無法相信上帝——相信上帝的愛。甚至連考克多[73]都深信不疑的上帝！

五十一　敗北

他握筆的手也開始顫抖。不僅如此，甚至還流下了口水。自從他服用零點八的 VERONAL[74]之後，除了剛醒來以外，他的腦袋一次也沒清醒過。而且清醒的時間也只有半小時或一小時。他在渾渾噩噩的昏暗中過著生活。可以說就像拄著刀鋒毀損的細劍當拐杖。

⑪果戈里（Nikolai Vasilievich Gogol，一八〇九至一八五二年）於一八三六年發表的喜劇。芥川受到果戈里的影響甚鉅。
⑫Raymond Radiguet，一九〇三至一九二三年，法國小說家、詩人。代表作有《肉體的惡魔》、《伯爵的舞會》。
⑬Jean Maurice Eugène Clément Cocteau，一八八九至一九六三年，法國詩人、小說家、藝術家、導演。
⑭藥品名，巴比妥類的藥物。

日本短篇小說之王
芥川龍之介年表

人生好比一盒火柴。誠惶誠恐地對待它顯得荒唐，太過輕忽則易有危險。

出生

一八九二年三月一日，出生於東京市京橋區入船町（現在的中央區明石町），是新原敏三與芥川福的長男。於辰年辰月辰日辰刻出生，故命名為龍之介。十月，母親發瘋，交由母親的哥哥芥川道章扶養。

6歲

一八九八年，進入江東尋常小學校就讀。

10歲

一九〇二年，親生母親阿福去世。

12歲

一九〇四年，八月，正式成為芥川家的養子。

13歲

一九〇五年，進入東京府立第三中學就讀。

18歲

一九一〇年，九月，獲第一高等學校推薦入學。同學有菊池寬等人。

21歲

一九一三年，七月，自第一高等學校畢業。九月，進入東京帝國大學英文系就讀。

22歲

一九一四年，二月，與豐島與志雄、山本有三、久米正雄、菊池寬等人創辦第三次《新思潮》。十月，遷居至現在的北區田端。

23歲

一九一五年，十一月，於《帝國文學》發表〈羅生門〉。出席漱石山房的木曜會，成為漱石的門生。

24歲

一九一六年，二月，創辦第四次《新思潮》，於創刊號上發表〈鼻子〉，獲漱石讚賞。七月，自東京帝大英文系畢業。九月，於《新小說》發表〈芋粥〉。十二月，於橫須賀的海軍機關學校擔任約聘教師。九日，夏目漱石去世。

25歲

一九一七年，五月，發行第一本短篇集《羅生門》，舉辦出版紀念會。九月，遷居至橫須賀。於《大阪每日新聞》連載〈戲作三昧〉。

26 歲

一九一八年，二月，與塚本文結婚。三月，遷居至鎌倉大町。與大阪每日新聞社簽訂社友契約。五月，於《大阪每日新聞》《東京日日新聞》連載〈地獄變〉。七月，於鈴木三重吉的《赤鳥》創刊號發表〈蜘蛛之絲〉。九月，於《三田文學》發表〈奉教人之死〉。

27 歲

一九一九年，三月，親生父親敏三去世。辭去海軍機關學校教授職務，成為大阪每日新聞社社員。四月，自鎌倉搬回田端自宅。將書齋取名為「我鬼窟」，寶生犀星等人經常來訪。五月，於《新潮》發表詩人室〈橘子〉。

28 歲

一九二〇年，三月，長男比呂志出生。自這時期開始畫起河童。十月，偕同菊池寬、久米正雄舉行京阪地區的巡迴演講。

29 歲

一九二一年，三月，以大阪每日新聞社海外視察員的身分前往中國，一到上海就罹患乾性肋膜炎而住院療養三星期。出院後，前往杭州、西湖、蘇州、揚州、南京、廬山、洞庭湖、漢口、洛陽，最後抵達北京。七月底，經由朝鮮歸國。

30 歲

一九二二年，一月，於《新潮》發表〈竹林中〉。一月至二月，於《大阪每日新聞》發表〈江南遊記〉。此時期將書齋更名為「澄江堂」。十一月，次男多加志出生。

31 歲

一九二三年，一月，於菊池寬創辦的《文藝春秋》連載〈侏儒的話〉（於大正十四年十一月完結）。三月至四月，移居湯河源療養身心。

32 歲

一九二四年，一月，於《新潮》發表〈一塊土〉。五月，至金澤拜訪寶生犀星。七月，暫居於輕井澤鶴屋旅館。與和歌作家、翻譯家片山廣子（筆名松村峰子）往來。

33 歲

一九二五年，一月，於《中央公論》發表〈大導寺信輔的半生〉（未完）。三月，於《明星》發表〈過路人〉（二十五首旋頭歌）。四月，詩人萩原朔太郎遷居至田端，兩人開始交流。七月，三男也寸志出生。十一月，受興文社委託而花了三年時間編輯的《近代日本文藝讀本》全五集出版。因收錄作品及版稅分配問題引起糾紛，內心傷痛。

34 歲

一九二六年，一月至二月，因神經衰弱、失眠症等健康問題而移居湯河源靜養。四月，於鵠沼海岸東屋旅館療養身心，撰寫未完遺稿〈鵠沼雜記〉等。

35 歲

一九二七年，一月，姊姊阿久所嫁的西川豐住處遭祝融燒毀。姊夫因遭人懷疑蓄意縱火而臥軌自殺。芥川為了處理相關問題而疲於奔命。一月，於《中央公論》發表〈玄鶴山房〉。三月，於《改造》發表〈河童〉。四月至八月，於《改造》上以〈文藝，太過文藝〉為題，與谷崎潤一郎進行文學爭論。五月，為了宣傳改造社出版的《現代日本文學全集》，偕同里見弴前往東北地方及北海道巡迴演講。六月，於《大調和》發表〈齒輪〉。七月二十四日凌晨，於田端住處吞下大量威羅納及加爾（安眠藥）自殺。於谷中齋場舉行喪禮，葬於東京染井的慈眼寺。

廣　告　回　函
板橋郵政管理局登記證
板橋廣字第143號

郵資已付　免貼郵票

231
新北市新店區民權路108-2號9樓
野人文化股份有限公司 收

野人

請沿線撕下對折寄回

野人

書名：羅生門　書號：0NGW4104

好野人部落格
http://yeren.pixnet.net/blog

野人文化粉絲專頁
http://www.facebook.com/yerenpublish

野人文化
讀者回函卡

書　名

姓　名　　□女 □男　年齡

地　址

電　話　　手機

Email

□同意 □不同意　收到野人文化新書電子報

學　歷 □國中(含以下) □高中職 □大專 □研究所以上
職　業 □生產/製造 □金融/商業 □傳播/廣告 □軍警/公務員
□教育/文化 □旅遊/運輸 □醫療/保健 □仲介/服務
□學生 □自由/家管 □其他

◆你從何處知道此書？
□書店：名稱 ______________ □網路：名稱 ______________
□量販店：名稱 ______________ □其他 ______________

◆你以何種方式購買本書？
□誠品書店 □誠品網路書店 □金石堂書店 □金石堂網路書店
□博客來網路書店 □其他 ______________

◆你的閱讀習慣：
□親子教養 □文學 □翻譯小說 □日文小說 □華文小說 □藝術設計
□人文社科 □自然科學 □商業理財 □宗教哲學 □心理勵志
□休閒生活（旅遊、瘦身、美容、園藝等） □手工藝／DIY □飲食／食譜
□健康養生 □兩性 □圖文書／漫畫 □其他 ______

◆你對本書的評價：（請填代號，1. 非常滿意 2. 滿意 3. 尚可 4. 待改進）
書名 _____ 封面設計 _____ 版面編排 _____ 印刷 _____ 內容 _____
整體評價 _____

◆你對本書的建議：

野人文化部落格 http://yeren.pixnet.net/blog
野人文化粉絲專頁 http://www.facebook.com/yerenpublish